고경원의

길고양이 통신

고경원의
길고양이 통신

고경원 글·사진

앨리스

길고양이가 있는 따뜻한 골목을 꿈꾸며

　누구나 사는 동안 한 번쯤 잊지 못할 인연을 만난다. 내겐 2002년 7월에 만난 '행운의 삼색 고양이'가 그랬다. 화단에 몸을 숨기고 행인들을 구경하던 녀석은 눈이 마주치고도 겁먹기는커녕 동그란 눈을 빛내더니, 급기야 팔짱까지 끼고 나를 유심히 뜯어보았다. 어린 고양이의 호기심뿐만 아니라 대담함을 갖춘 녀석이 귀여워 한참이나 머무르며 사진을 찍었다. 그때 찍은 사진이 내가 '밀레니엄 고양이 일족'이란 별명을 붙여준 화단 고양이들의 첫 번째 기록이다.

　단지 귀여운 인상으로만 남았다면 행운의 삼색 고양이를 금세 잊었을지도 모른다. 하지만 화단 근처에서 간간이 얼굴을 비치던 녀석은 1년 뒤 어미 고양이가 되어 나타났다. 새끼들을 건사하는 게 힘들었던지 몸은 홀쭉해지고 보송보송했던 콧등의 털도 듬성듬성 빠져 있었다. 어린 고양이의 풋풋함 대신 성묘다운 의연함이 자리 잡은 그 얼굴이 내겐 더 큰 울림으로 다가왔다. 화단 고양이들의 일상을 긴 호흡으로 기록하고 싶은 마음도 그즈음 생겼던 것 같다.

　돌이켜보면 내가 길고양이를 보며 느꼈던 감정은 도시에서 고단하게 살아가는 존재들을 향한 동지애에 가까웠다. 20대 중반 비정규직 기자로 직장 생활을 시작해서 프리랜서와 정규직 사이를 오가던 무렵, 길고양이가 살기 위해 눈에 띄는 음식을 모조리 집어삼키듯 나도 온갖 글을 쓰며 하루하루 버텼다. 뿌리 없는 삶의 고단함을 느낄 때마다 힘이 되어준 건 길고양이였다. 집고양이처럼 살갑게 다가와 위로해주는 법은 없었지만, 길고양이들이 그들만의 세상에서 당당하게 살아가는 모습을 지켜보는 것만으로도 좋았다. 짧은 생을 살다 떠날 길고양이들이지만 그들이 언젠가 내 기억에서 희미해지지 않길 바랐다. 길고양이 동네의 역사를 기록하는 사관 노릇을 기꺼이 맡게 된 것도 그 때문이다.

길고양이를 찍을 때면 최대한 몸을 낮춘다. 때론 흙바닥에 납작 엎드리고 때론 쓰레기 봉지 곁에 쭈그리고 앉는다. 잔돌에 무릎이 배기고 시큼털털한 쓰레기 냄새가 코를 찌를 때, 눈비에 젖은 바지에서 으슬으슬 한기가 밀려올 때 '길고양이가 이런 환경 속에서 버텨왔구나' 싶다.

길고양이의 삶을 글과 사진으로 남기기 시작하면서 내 삶도 조금씩 바뀌었다. 고양이처럼 익숙한 영역만을 고수하고 아는 사람만 만났던 내가, 고양이와 관련된 장소라면 어디든 찾아가게 됐다. 2005년 12월에 쓴 '도시 속 길고양이, 3년간의 기록'이란 칼럼이 온라인에서 큰 반향을 얻으면서, 내가 남긴 작은 기록이 길고양이에 대한 인식을 변화시킬 수 있을 거라는 확신이 생겼다. 주변 사람들의 이런 반응도 그 믿음에 힘을 실어주었다.

"그전에는 길고양이가 우리 동네에 사는 줄도 몰랐는데, 고경원 씨의 글을 읽고 나니 자꾸 눈에 들어와요."

존재하는지조차 몰랐던 대상을 향해 관심과 애정을 쏟을 사람은 없다. 변화는 어떤 대상이나 문제가 존재한다는 것을 인지한 다음에야 비로소 시작된다. 2007년 1월 첫 책 『나는 길고양이에 탐닉한다』를 출간한 뒤로도 꾸준히 고양이 책을 쓰고 2009년부터 매년 9월 9일 '고양이의 날' 문화행사를 여는 것도, 이러한 작업들이 우리 곁의 길고양이를 다시 보게 해줄 계기가 되리라 믿기 때문이다. 거리의 고양이에게도 제각기 사연과 감정이 있고 소중한 삶이 있음을 글과 사진으로 접하다 보면, 그들이 지닌 생명의 무게가 언젠가 묵직하게 와 닿지 않을까 싶다.

통산 네 번째 고양이 책인 『고경원의 길고양이 통신』에는 2002년부터 10년간 길고양이와 함께해온 여정을 담았다. 초고를 정리하면서 좀 더 많은 골목을 보여줄지, 아니면 한 지역의 길고양이 이야기를 긴 호흡으로 들려줄지 고민했다. 고민 끝에 1부는 서울 도심 빌딩 숲 화단에서 펼쳐진 10년간의 이야기를, 2부는 서울의 재개발 예정지인 홍제동 개미마을의 5년을 담되, 3부는 길고양이가 있는 전국 각지의 오래된 골목과 마을을 다채로운 사진과 함께 소개하는 것으로 절충했다. 화단에서 재개발 예정지로, 다시 전국의 고양이 여행지로 확장되는 공간 속에서 길고양이의 다양한 생활 현장이 가감 없이 전해졌으면 한다. 지면의 제약으로 이번 책에 담지 못한 고양이들 이야기는 또 다른 기회에 소개할 수 있길 바란다.

본문 외에 각 부가 끝날 때마다 짧은 칼럼을 실었다. 길고양이에게 밥을 줄 때의 주의점, 길고양이의 안전을 위해 알아둘 점, 세계 고양이 여행지 등을 소개했다. 길고양이에게 도움을 주고 싶은 분들, 그리고 해외 반려동물 문화에 관심이 있거나, 고양이 관련 여행지를 찾는 독자들에게 유용한 정보가 되길 바란다. 일본과 타이완의 고양이 마을, 복고양이 축제가 열리는 일본의 소도시, 유럽의 반려동물 묘지 등은 2007년 7월부터 2012년 9월 사이 틈틈이 다녀온 곳들이다. 책에 소개된 여행지를 참고해 자신만의 고양이 여행 경로를 짜볼 수도 있을 것이다.

이번 책을 준비하면서 몇몇 분들께 마음의 빚을 졌다. 늦어지는 원고에 마음고생이 컸을 담당 편집자 권한라 씨, 길고양이가 사는 공간의 느낌이 생생하게 전해지도록 사진 편집에 애써준 디자이너 문성미 씨께 특별히 감사드린다. 길고양이를 매개로 인연을 맺은 고양이 블로거들, 길에서 마주친 수많은 캣맘과 캣대디 들께도 감사드린다. 지난 10년간 내게 가장 큰 스승이자 동지는 그분들이었다.

2013년 3월 고경원

차례

1

화단 고양이 10년간의 기록

내 마음의 눈부처.

'눈부처'란 말이 있다. 눈동자에 비친 사람의 형상을 뜻하는
데, 이를 맞이하려면 상대방을 지긋이 마주보아야 한다. 어느 한
쪽이 키가 크거나 높은 곳에 서 있다면 그쪽에서 상대방을 위해
먼저 몸을 낮춰야만 한다. 그렇게 눈높이를 맞추고 바라볼 때 비
로소 눈부처가 서로의 눈에 어린다.

하지만 꼭 사람과 사람 사이에서만 그 이치가 통하겠는가. 땅
에 엎드려 사진 찍다 고양이와 눈이 마주치면, 고양이를 닮은 눈
부처가 내 눈 속으로 타박타박 걸어온다. 동그란 고양이 눈동자
에도 나를 꼭 닮은 눈부처가 비친다. 길고양이를 찍는다는 건 나
와 고양이 사이에 눈부처 하나씩 정표로 나눠 갖는 일이다. 까만
동공을 감실(龕室)로 삼고 그 속에 고이 모셔두었다가, 다시 만났
을 때 꺼내 보며 오랜 인연을 확인할 수 있도록.

숲고양이의 탄생

    나의 첫 눈부처는 2002년 여름, 어린 삼색 고양이의 모습으로 왔다. 사람과 마주치면 달아나기 바쁜 여느 길고양이와 달리, 처음 만났을 때 그 녀석은 나를 빤히 보기만 했다. 내 쪽에서 길고양이를 좇아다닌 적은 있어도 길고양이가 먼저 관심을 보이는 경우는 드물었다. 신기한 마음에 눈을 맞추니, 고양이는 시선을 피하지 않고 동그란 갈색 눈으로 나를 꼼꼼히 살핀다. 한동안 말없이 마주보고 있으니 기분이 묘했다. 혹시 나를 친구로 여기는 걸까.

    눈앞에 있는 사람이 해코지를 할 것 같진 않았는지 고양이는 몸을 동그랗게 말고 낮잠을 잔다. 잠깐 눈 좀 붙일 테니 망이나 잘 봐달라는 것처럼. 어린아이가 놀다가도 스르르 잠들고, 자다가도 벌떡 일어나 노는 것처럼 어린 고양이도 그랬다. 쪽잠 자다 슬쩍 일어나더니 제 발밑을 지나가던 개미를 툭툭 건드려보고, 무성한 철쭉나무 사이로 들락날락하며 정신이 없다. 산만하게 노는 모습이 막 초등학교에 들어간 장난꾸러기 어린애 같다.

    그렇게 얼마나 함께 있었을까. 고양이는 흡족한 듯 꼬리를 바짝 세워 느릿느릿

흔들며 가버렸다. 시계를 보니 어느새 시간이 40분이나 흘러 있었다. 쉽게 싫증
내는 고양이치고는 꽤 오랜 시간 나와 놀아준 셈이다. 흔치 않은 만남을 기념하는
뜻에서 그 녀석에게 '행운의 삼색 고양이'란 별명을 지어주었다.

　누군가에게 마음을 주면 예전에는 보이지 않던 것도 새삼 눈에 밟히는 법이다.
고양이와 처음 마주친 화단은 인사동 가는 길에 늘 오가던 곳이라 평소 별 생각 없
이 지나치곤 했지만, 알고 보니 그곳엔 행운의 삼색 고양이 말고도 몇 마리가 무리
지어 살고 있었다. 화단 안쪽에서 길고양이의 기척을 느낄 때마다 그 안의 세상이
궁금해졌다. 결국 화단 뒤편으로 난 샛길로 한번 들어가보기로 했다.

　고양이 눈높이에서는 은신처 주변이 어떻게 보일까. 사철나무 울타리를 등지고
땅바닥에 앉아 몸을 낮추고 주변을 돌아본다. 우뚝 솟은 소나무가 그늘을 드리우
고 무성한 덤불이 보금자리를 숨겨준 덕분에 화단 바깥에서는 고양이들이 눈에
띄지 않았다. 가끔 부주의하게 모습을 드러내는 녀석도 있었지만, 갈 길 바쁜 사
람들은 화단 안쪽까지 신경 쓸 여유도 없이 걸음을 재촉했다. 사방이 고층 건물로

둘러싸인 도심 한복판에서 고양이들이 이곳을 보금자리로 정한 이유를 알 것 같았다. 숲이 오래전에 사라진 도시에서 모양만 숲을 흉내 낸 화단이지만, 그곳에서만큼은 고양이들도 한결 마음 편해 보였다.

돌이켜보면 '숲고양이'라는 닉네임을 즐겨 쓰기 시작한 것도 화단 고양이에게 정을 붙이면서부터였다. 누군가 나를 그 이름으로 부를 때면 빌딩숲 사이를 누비는 커다란 고양이가 된 것 같아서 좋았다. 2005년 다음넷에 블로그를 만들 때 주소에도 forestcat이란 단어를 굳이 넣었던 걸 보면 내가 꽤 오랫동안 그 이름에 애착을 느꼈던 모양이다.

블로그를 실명제로 바꾸면서 이제는 닉네임을 쓰지 않지만, 자연의 영혼을 담아 이름을 지었던 인디언들처럼 나도 인디언식 이름을 하나 갖고 싶을 때가 있다. 그 이름은 숲고양이였으면 좋겠다. 부모님이 지어주신 이름이 지금의 내 이름이라면, 숲고양이는 화단 고양이들이 내게 준 첫 번째 이름이니까.

이름이 많은 고양이

길고양이에게 마음을 주는 건 나만의 방식으로 그들을 부르는 일에서부터 시작된다. 꼭 특별한 이름이 아니어도 상관없다. "나비야" 하고 부르면 어떻고 "노랑둥아" 하고 부르면 어떤가. 평범하게 들리는 이름이라도 내게 의미가 있다면 충분하다. 이름을 짓는 순간 그 고양이는 내게 '아는 고양이'가 된다. 그렇게 이름 붙인 고양이들이 늘어날 때마다 길고양이를 향한 마음도 애틋해지기 마련이다.

한 지역에 사는 길고양이를 지켜보는 사람이 여럿이라면 같은 고양이가 다른 이름으로 불리기도 한다. 화단 고양이 일족 중에 까만 삼색 무늬의 부비가 그랬다. 무늬에 따라 고양이 이름을 붙이는 게 전통적인 작명 방식이다 보니 대개 흰 삼색 무늬 고양이는 '삼색이'로, 까만 삼색이는 '카오스'라는 이름으로 불리기 마련이다.

그런데 화단과 가까운 식당 골목에서 길고양이들에게 먹을 것을 챙겨주던 아주머니는 그 고양이를 부비라고 불렀다. 고양이가 좋아하는 상대에게 다가가 볼을 문지르며 냄새를 반복해서 묻히는 모습을, 애묘인들 사이에서는 '부비부비'라고 한다. 부비라는 이름도 거기서 따온 것이다. 화단 고양이를 기억하는 또 다른 누군가에겐 제3의 이름으로 불렸을지도 모르겠다. 길고양이 한 마리에게 얽힌 인연의 숫자만큼 이름도 많아지는 법이니.

집이 멀어 고양이들을 매일 만날 수 없었던 나와 달리, 은신처 바로 곁에 일터를 둔 아주머니는 부비와 내가 모르던 동료들의 이야기도 많이 알고 계셨다. 식당 근처에 길고양이가 모이는 것을 싫어하는 사람도 있지만, 아주머니는 배를 곯는 길고양이가 안쓰러워 먹을 것을 주다 정이 든 모양이었다.

붙임성 좋은 부비는 먹을 것을 챙겨주는 아주머니를 살갑게 따랐고, 아주머니도 그런 부비에게 마음이 갔는지 이름까지 지어주며 아꼈다. 누군가에게 밥을 챙겨주는 일을 생업으로 삼은 아주머니는 허기진 길고양이도 그냥 보내지 못했다. 비록 아주머니가 챙겨준 생선이 누군가 먹다 남긴 것이어도 부비에게는 진수성찬이었을 것이다.

그렇게 밥을 매개로 얼굴을 마주 대하는 날이 이어지면서 아주머니와 부비 사이에는 암묵적인 계약이 맺어졌다. 계약서도 사인도 필요 없이 마음으로 맺은 약속이다. 언제든 배가 고파지면 여기로 오라고, 네가 맛있게 밥을 먹는 모습을 보면서 나도 위로받겠노라고 아주머니가 마음으로 말을 건넬 때, 부비도 당당히 제 밥을 주장하게 되었을 것이다. 삶이 고단한 사람들이 마음을 터놓고 연대하듯, 사람과 길고양이 사이에도 끈끈한 동지애가 싹튼다.

고비의 홀로서기

길고양이들의 영역에서 혼자 다니는 어린 고양이를 가끔 본다. 새끼고양이라기엔 많이 자랐고, 그렇다고 어른 고양이로 보기에도 애매한 월령이다. 어린 고양이가 독립할 나이가 되면 엄마 고양이는 새끼에게 냉담하게 굴며 정을 뗀다. 엄마 없이도 살아갈 수 있도록 일찌감치 훈련을 시키는 것이다. 어린 고양이 고비도 그렇게 혼자 남았다. 고비는 종종 톤이 높은 목소리로 울곤 했다. 그 울음이 그리움인지 배고픔인지 아니면 그 모두를 뜻하는지는 고비 자신만 아는 일이다.

졸지에 고아가 된 고비의 새엄마 노릇을 자청한 것은 부비였다. 같은 영역 내의 길고양이들이 대안가족 같은 관계를 맺을 때가 있는데 부비와 고비도 그랬다. 부비의 눈에도 고비는 아직 독립하기보다 누군가의 보살핌을 받아야 할 나이로 보였던 모양이다.

엄마가 왜 자기를 버렸는지 이해하지 못하는 고비는 부비를 엄마처럼 따르며 세상살이를 배워나갔다. 발톱이 얼얼해지는 나무타기 훈련도 게을리하지 않았다. 혈육은 아니지만 비슷한 이름을 얻은 두 고양이는 생선 굽는 냄새가 골목을 채우는 저녁이면 화단 밖으로 나와 어슬렁거렸다. 친절한 식당 아주머니를 기다리는 것이다. 녀석들은 매일 만나는 아주머니와 가끔 보는 나를 대할 때의 대접이 달랐다. 내가 먹을 것을 주섬주섬 꺼내면 그제야 못 이긴 척 걸어오던 녀석들이, 아주머니가 챙겨주는 밥시간에는 미리부터 나와서 기다리곤 했다.

길고양이가 오래 살아남는 방법 중에 가장 중요한 것이 인간과 적당한 거리를 유지하며 살아가는 일이다. 아직 세상을 모르는 어린 고양이에게 '적당한 거리'라는 개념은 와 닿지 않을 것이다. 상대방이 어떤 사람이냐에 따라 그 거리의 범위가 달라지기도 한다. 친절한 사람인 줄 알고 다가갔다가 자칫하면 해코지를 당할 수도 있는 것이다. 그런 단 한 번의 실수도 길고양이에겐 치명적이다.

아무나 믿어서는 안 되지만 부비가 따르는 사람이라면 믿어도 된다는 것을 고비도 눈치로 대충은 알고 있다. 하지만 부비가 대담하게 화단 바깥으로 몸을 내밀고 식당 아주머니의 별식을 기다릴 때, 아직까지는 모든 게 조심스러운 고비는 사람 눈이 닿지 않는 사철나무 울타리 속에 몸을 숨기고 기다린다. 없는 듯 숨어 있다가 아주머니가 눈에 들어오면 "왜 이제 와요!" 하고 항의하듯 큰 소리로 울며 마중 나갈 셈이다.

그런데 아까 너무나 열심히 나무타기 연습을 했던 것일까, 목을 빼고 아주머니를 기다리던 고비의 눈에 슬며시 졸음이 밀려온다. 아몬드처럼 동그랗던 눈동자가 절반쯤 감기는가 싶더니 점점 가느다란 실눈으로 바뀐다. 어떻게든 졸음을 쫓아보려 하지만 눈꺼풀이 자꾸만 무거워진다. 내려앉는 눈꺼풀에 힘을 주며 눈을 떠보려 애쓰는 표정이 사랑스럽다.

고비는 언제쯤 어른이 되려나. 새끼고양이의 시절은 금방 지나가지만, 남의 도움을 받지 않고 살 수 있는 어른 고양이로 독립하기까지 갈 길은 아직 멀기만 하다.

카오스 대장의 부드러운 카리스마

언제나 당당한 모습을 자랑하던 부비였지만 길에서 짧은 생을 마감하는 길고양이의 운명은 피해 갈 수 없었다. 부비는 2005년 가을 무렵 자신을 꼭 닮은 카오스 무늬의 두 딸을 낳고, 새끼들이 스스로 먹이를 구할 수 있을 정도로 자랐을 때쯤 자취를 감췄다. 그때 낳은 새끼들 중에 지금까지 살아남은 한 마리가 카오스 대장이다.

녀석은 같은 영역의 명이 짧은 길고양이들과 달리 7년이 넘는 세월을 무사히 살아남았다. 최근 몇 년간 화단 고양이들의 역사를 모두 기억하는 고양이가 있다면 카오스 대장일 것이다. 두 팔에 노란 토시를 두르고 이마에는 노란 번개 무늬를 새겨 대장다운 풍채가 돋보이지만, 카오스 대장도 처음부터 지금처럼 위풍당당한 모습은 아니었다. 누구에게나 서툴고 부족한 시절이 있듯 대장도 서러운 막내 시절을 거쳐야 했다.

내 기억 속에 남은 카오스 대장의 첫인상은 어른 고양이들에게 위협을 받고 물러나던 초라한 뒷모습이다. 화단 고양이의 존재를 확인한 뒤로 녀석들을 만나러

갈 때면 사료를 챙기는데, 그날따라 먹이를 놓고 한바탕 다툼이 일었다. 얼룩 고양이가 먼저 입맛 다시며 밥을 먹는 와중에 어린 카오스 대장이 한 입 먹어보겠다고 나섰다가 혼쭐이 난 것이다.

얼룩 고양이는 그전에 심기 불편한 일이 있었던지, 아니면 어른들 식사 자리에 어린 녀석이 끼어든 게 마땅찮았는지 매서운 앞발 훅을 날렸다. 날카로운 하악질도 쏟아졌다. 사료에 입질 한 번 했다가 쫓겨난 카오스 대장은 시무룩해져 환기 시설 아래로 숨었다. 그 억울한 눈빛은 지금도 잊을 수 없다. 엄마인 부비가 있었으면 대신 싸워줄 수 있었겠지만, 이제 모든 문제를 스스로 해결해야 하니 작은 덩치와 약한 힘을 원망할 수밖에.

어린 시절에는 어른들 틈바구니에서 눈칫밥 먹으며 지내던 신세였지만, 세월이 흘러 세대교체가 이뤄지면서 상황은 역전됐다. 부비의 새끼들을 위협하던 얼룩 고양이는 영역에서 자취를 감췄고, 당당한 성묘가 된 카오스 대장이 터줏대감다운 면모를 보이기 시작했다. 연륜을 바탕으로 어린 고양이들의 스승이 되어주었고, 몇 차례 출산을 거치며 몸에 밴 모성애로 약한 녀석들도 살갑게 챙겼다. 길고양이 세계에 부드러운 카리스마라는 것이 있다면 카오스 대장을 두고 하는 말이 아닐까 싶을 만큼 멋진 고양이로 자라준 것이다.

앞으로도 화단 고양이들의 영역에서는 또 다른 카오스 무늬 고양이가 태어나겠지만, 내 마음속 키오스 대장은 이 녀석 하나뿐이다. 대장이란 호칭은 아무에게나 붙여줄 수 없는 법이니 말이다.

길고양이 쉼터에도 명당이 있다.

좁은 환풍기 위로 고양이 네 마리가 아슬아슬하게 몸을 누이고 쉬고 있다. 고양이들 발아래 펼쳐진 회양목 덤불은 일렁이는 초록빛 바다를 닮았다. 그 풍경에 홀려 고양이들이 누운 쪽을 본다. 혹시나 땅으로 떨어질세라 옹색하게 몸을 붙여 앉은 길고양이들 모습이 구명보트에 몸을 싣고 바다를 떠도는 것처럼 보인다.

고양이 한두 마리가 환풍기 위에 올라간 모습은 흔히 볼 수 있지만, 이렇게 대가족이 한자리에 모인 모습을 자주 볼 수 있는 건 아니다. 한두 마리가 올라가기 딱 좋은 크기라 아무래도 세 마리 이상이 모여 앉기엔 비좁아 보인다. 하지만 녀석들은 함께 있을 수만 있다면 이 정도의 불편함은 충분히 감수할 수 있다는 표정이다.

고양이들이 선호하는 전망대 자리가 있으면 보통 서열 높은 고양이가 가장 좋은 목을 차지한다. 그런데 네 마리 고양이 중에 가장 편안한 자세로 앉은 녀석은 뜻밖에도 어린 노랑이였다. 혼자 식빵 굽는 자세로 널찍하게 자리 잡은 모습만 보면 녀석이 우두머리 같다. 하지만 사실은 어른 고양이들이 제일 어리고 약한 고양이를 배려해준 거였다.

특히 카오스 대장은 다리 한쪽과 꼬리가 아래로 떨어질 듯 아슬아슬한 자세로 간신히 몸을 걸치고 있었다. 막내에게 좋은 자리를 양보하고, 다음엔 한배에서 태어난 카오스 자매에게 양보하고, 자신보다 연장자인 노랑 촌장에게 양보하다 보니 가장 말석으로 밀려난 것이다. 불편해 보이지만 정작 자기는 개의치 않는 눈치다.

길고양이에게도 마음에 드는 장소가 서로 겹칠 때가 있다. 먼저 명당을 차지하지 않으면 남에게 뺏기고 말 상황. 자리 하나를 놓고 싸워서 제일 강한 고양이가 나머지를 쫓아내면 행복한 건 한 마리뿐이다. 하지만 좁고 불편해도 서로 몸을 조금씩 붙이면 한 마리, 또 한 마리 더 앉을 자리가 생긴다. 나누고자 하는 마음만 있다면 네 마리가 함께 행복해지는 길이 열린다.

거친 세상을 살아가는 길고양이들 간에는 서열 다툼만 있을 거라고 생각하기 쉽다. 그러나 오랜 시간을 들여 바라보면 고양이 사회가 그렇게 단순하지만은 않다는 걸 깨닫게 된다. 길고양이 사이에도 나눔과 배려가 있다. 그들은 자신이 지닌 소소한 재산만으로도 나눔의 기적을 만들어낸다.

줄을 서시오

도심 화단을 보금자리 삼아 살아가는 동물이 길고양이뿐만은 아니다. 참새나 비둘기도 종종 화단에 날아들어 왔다가 잠시 쉬어가곤 한다. 길고양이는 회양목 덤불 근처를 은신처로 삼고, 새들은 소나무 위로 날아와서 쉬다 가니 서로 다른 두 족속이 한 공간을 사용한다고 해도 다툴 일은 없다.

낮잠으로 소일하며 무료하게 보내던 화단 고양이들의 은신처에 이따금 찾아오는 새들은 불청객이 아니라 반가운 손님으로 환영받는다. 새를 보고 몸이 달아오른 녀석들은 잡고 싶어 죽겠다는 듯이 '캬-캭캭' 소리를 내며 입을 벌렸다 닫았다 한다. 채터링Chattering을 하는 것이다. 도시 길고양이로 살면서 희미해져가던 사냥 본능이 새들의 등장에 자극받아 새삼 불타오른다. 하지만 아무리 목을 길게 빼도 저 높은 곳에 있는 새를 잡을 수 없으니 애가 탈 뿐이다.

나무 위에서 새들이 날아오르는 소리가 들릴 때마다 길고양이들 머리도 이쪽저쪽으로 휙휙 움직인다. 어느 한 녀석이 움직이면 옆자리 녀석도 질세라 그 시선을 따라간다. 고양이 머리가 떼로 움직이는 모습을 뒤에서 보고 있자니 꼭 고양이들

이 절도 있는 군무를 추는 것 같다. 줄을 선다고 해서 순서대로 나무 위의 새를 맛볼 수 있는 것도 아닌데 어쩌면 저러고 있나 싶다.

새소리에 정신이 팔려 일렬로 앉은 고양이들 뒷모습이 재미있어서 슬며시 카메라를 든다. 바로 그때, 새에 집중하고 있는 줄로만 알았던 카오스 대장이 인기척을 느끼고 휙 돌아본다. 너는 왜 줄을 서지 않느냐고 책망하는 눈빛이다.

만약 대장이 내 쪽을 돌아보지 않았더라면 사진은 어떻게 달라졌을까. 네 마리가 모두 등을 돌리고 한 줄로 선 모습도 나름대로 볼 만했겠지만, 역시 지금보단 밋밋한 구도가 되었을 것 같다. 예측 불가능한 딴짓을 하는 녀석들이 가끔 있기에 길고양이를 찍는 일이 흥미진진해진다.

우리네 일상이 날마다 박진감 넘치는 사건으로 가득 찬 것이 아니듯 길고양이의 일상도 느릿느릿 흘러간다. 특별한 사건 없이 지나가는 하루 중에 어느 순간, 그들이 반짝 빛나는 순간을 보여줄 때면 내 카메라도 덩달아 바빠진다. 자주 보아서 익숙해진 고양이들을 자꾸만 다시 찾아가게 되는 건 그런 선물 같은 순간이 언제 찾아올지 모르기 때문이다. 거기에 길고양이 사진 찍기의 묘미가 있다.

길고양이 가족사진

    가장 많은 길고양이가 한자리에 모인 사진을 찍은 게 언제였던가. 아마 고양이 일곱 마리의 가족사진이 최고 기록이었던 것 같다. 그날도 평소대로 먹을 것을 몇 군데로 나눠 놓아주고 녀석들이 노는 모습을 멀찍이서 지켜보다가 돌아올 생각이었다. 보통 은신처에 들르면 두세 마리 정도가 얼굴을 비치는데 이날은 어쩐지 분위기가 심상치 않았다. 그릇을 대신해서 쓰려고 보아둔 나무 그루터기에 흙먼지를 털고 사료를 놓아주는데, 그날따라 냄새를 맡고 모여드는 녀석이 한두 마리가 아니었다.

    제일 먼저 카오스 대장이 다가와 사전 검사를 하더니 젖소 무늬 녀석들이 합류하고, 회양목 덤불 안쪽에서 놀다가 밥 냄새를 맡은 고등어 녀석까지 "먹을 거다, 먹을 거!" 하며 뛰어올랐다. 소심한 노랑이도 환풍기 아래로 슬며시 얼굴을 들이밀고 하다 보니 어느새 밥 먹으러 나타난 길고양이는 모두 일곱 마리가 됐다.

    어디 있다 이렇게 몰려들었는지 놀랐다가, 언제 또 고양이들 가족사진을 찍어보겠나 싶어 정신 차리고 셔터를 눌렀다. 그 와중에도 밥 먹는 데 정신이 팔려 고개를 숙여버리는 등 사진 촬영에 비협조적인 고양이도 있었지만, 두세 마리 딴짓 하는 정도쯤이야.

단체급식 시간이 끝나갈수록 대열도 슬슬 흐트러지고 파장 분위기가 된다. 배가 부르니 오늘은 더 이상 볼일 없다며 어느새 덤불 속으로 슬그머니 사라져버리는 녀석도 있다. 언제나 화단 은신처에서 복닥복닥 살아갈 것만 같던 녀석들이었지만, 사진에 담긴 고양이 중 아직까지도 만날 수 있는 건 카오스 대장 정도나 될까. 그때 자주 등장하던 고양이 중 대부분이 사라지고 다른 녀석들이 빈자리를 채웠다. 길고양이의 짧은 삶이 피부에 와 닿는 순간도 이런 때다.

지난 10여 년간 화단 은신처에 머물다 간 길고양이의 생애 주기를 돌이켜보면 5년 이상 장수한 녀석들도 간혹 있지만 길고양이의 평균수명이라는 2~3년도 채우지 못하고 사라진 녀석들이 태반이다. 그만큼 도시에서 길고양이로 살아남는 일이 만만치 않은 것이다. 한동안 안 보이던 고양이를 다시 만나면 '아직 살아 있구나' 하는 마음에 반갑다.

길고양이를 만날 때면 늘 이번이 마지막일지도 모른다고 생각한다. 그들을 만나 찍은 사진 한 장 한 장이 소중한 건 그런 이유에서다. 한때 북적북적했던 길고양이 가족사진을 살피다 보면 마음이 아릿해진다.

밀크티의 장밋빛 때수건

밀크티는 고만고만한 화단 고양이들 사이에서 유독 외모가 튀는 녀석이었다. 홍차에 우유를 탄 듯한 색의 털옷을 입은 밀크티는 달콤한 이름만큼 부드러운 고양이는 아니었다. 생김새는 순한 암고양이 같지만 사실 까칠한 구석이 있는 수고양이였다. 사람을 보면 적당한 거리를 두고 관망할 만큼 대담함도 있었지만, 너무 다가선다 싶으면 입을 크게 벌리며 하악질을 했다. 하지만 사람에겐 깐깐하게 굴어도 동료들에게는 애교스러웠다.

새끼 때부터 성장 과정을 지켜본 고양이들에게는 특별히 더 마음이 가기 마련이다. 어린 밀크티는 광합성을 하는 듯 화단 난간에 웅크리고 앉아 볕을 쬐곤 했다. 맑은 날이면 밥 대신 햇볕을 먹듯이 화단에 올라와 식빵 굽는 밀크티를 볼 수 있었다. 작고 마른 몸집이라 언제 통통하게 살이 붙을까 싶었는데, 다행히 크게 앓거나 다치는 일 없이 멋진 어른으로 자라주었다. 동년배 몇몇이 겨울을 견디지 못하고 사라진 뒤에도 밀크티는 꿋꿋하게 살아남았다.

자라면서 밀크티가 잃어버린 것도 있었다. 말랑말랑했던 분홍 젤리 발바닥에

는 굳은살이 생기고 다리는 흙투성이가 되었다. 먹을 것을 찾아 뒷골목을 헤매는 날이 이어지면서 뽀얗던 입술에도 거뭇거뭇 때가 묻었다. 그래도 입성은 길고양이 치곤 깨끗한 편이었다. 쉬 더러워지는 밝은색 털옷을 깔끔하게 유지하려면 꾸준한 관리가 필수인데, 어떻게 매번 새 옷처럼 단장하는지 궁금했다. 알고 보니 밀크티는 비장의 도구를 감추고 있었다.

아무도 방해하지 않는 한가로운 시간이 오면 밀크티는 숨겨둔 때수건을 슬그머니 꺼내 몸단장을 한다. 까끌까끌한 돌기가 있어서 묵은 때도 시원하게 벗겨주는 때수건이다. 고양이 털코트엔 주머니도 없으니 어디서 때수건을 꺼내나 싶겠지만, 입안에 넣어두었으니 아무도 모를 수밖에. 아무리 가난한 고양이도 제 몸 닦을 장밋빛 때수건 한 장씩은 입에 물고 태어난다.

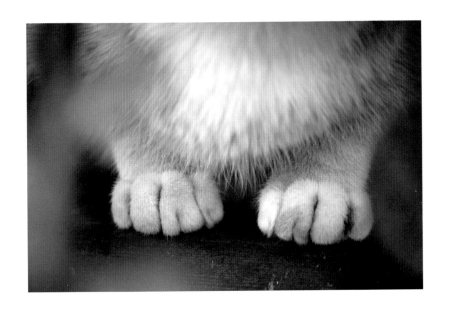

저걸로 앞발에 묻은 고단함까지 다 닦아낼 수 있으면 좋으련만, 깔끔한 밀크티도 쉽게 지우지 못한 얼룩이 있다. 사람이 남긴 음식을 먹다가 발을 적셨는지 앞발 끝이 그만 주홍색으로 물든 것이다. 아마도 찌개 국물이 섞인 잔반을 먹었던 모양이다. 고양이의 몸은 인간의 입맛에 맞춰 맵고 짜게 조리한 음식을 감당하기 어렵다. 그런 음식을 한두 번 먹는다고 당장 죽지는 않겠지만 장기간 섭취하다 보면 몸이 상할 수 있다. 하지만 맵고 짠 음식이나마 눈에 띌 때 먹어두지 않으면 굶을 판이니 길고양이에게는 선택의 여지가 없다.

집에 돌아와서도 국물이 묻은 밀크티의 한쪽 발이 자꾸 눈에 밟힌다. 밀크티를 찍은 사진이 적지 않지만, 내 마음을 울리는 건 결국 길고양이의 고단한 삶을 압축해 보여주는 이 사진이다.

포기를 모르는 남자, 밀크티

밀크티는 어려서부터 카오스 대장을 유독 따랐다. 한데 껌딱지처럼 달라붙는 밀크티의 속마음을 아는지 모르는지 대장의 반응은 덤덤하기 짝이 없다. 웬만한 행동으로는 눈길을 끌 수 없겠다 싶었는지 밀크티가 머리를 땅바닥에 굴리며 재롱까지 부려보지만 대장은 여전히 시큰둥이다. 급기야 대장이 '왜 이 난리지?' 하는 표정으로 귀를 뒤로 젖히며 잰걸음으로 달아나버린다. 머쓱한 표정으로 등을 돌리고 따라갈 엄두를 내지 못하는 밀크티. 둘의 상반된 표정이 귀엽다.

하지만 밀크티는 포기를 모르는 고양이였다. 그 상황에서도 자리를 옮겨 앉은 대장을 끝까지 따라가 곁에 붙어 앉았으니. 대장이 모른 척 시선을 다른 곳으로 보내며 식빵을 굽든 말든, 언젠가 이쪽을 봐줄 거라는 마음으로 곁을 떠나지 못한다.

"옆에 누가 있으면 관심 좀⋯⋯."

밀크티가 쭈뼛쭈뼛 눌러앉으며 카오스 대장의 식빵 자세를 따라해본다. 대장은 그것마저 귀찮았던지 벌떡 일어서더니, 급기야 밀크티의 등을 장애물 넘듯 꾸욱

밟고 가버린다. 아니, 귀찮으면 그냥 갈 것이지 밟고 가는 건 무슨 심보인지. 인기 있는 밀크티였지만 카오스 대장 앞에서는 '굴욕 고양이'가 되고 말았다.

"하악! 밟고 가면 어떡해!"

상황이 이쯤 되니 밀크티도 인내심이 한계에 다다랐는지 이빨을 드러내고 하악 거리며 항의를 한다. 밀고 당기는 둘의 실랑이가 거의 몸개그다.

제3자인 입장에서 지켜보는 나까지 웃다가 카메라가 다 흔들릴 지경인데도, 구

경꾼 배꼽이 빠지거나 말거나 카오스 대장은 초지일관 시큰둥하다. 저렇게 일관
성을 유지하는 것도 힘들지 않나 싶다. 카오스 대장도 아이처럼 어리광 부리는 밀
크티의 속마음을 모를 리 없다. 하지만 '아무리 좋은 고양이라도 내가 귀찮으면 그
만'이라는 대장의 원칙은 철저하다.

식빵 고양이 3종 세트

햇살이 등을 따뜻하게 쓰다듬는 날, 길고양이들은 토실토실한 앞발을 베개 삼아 낮잠을 청한다. 늘 쫓기듯 살아가지만 은신처에서 단꿈을 꾸는 순간만큼은 평안해 보인다.

그런데 어쩌면 함께 잠든 고양이들 중에서 같은 자세가 하나도 없는지 모를 일이다. 각자 편하게 느끼는 자세가 따로 있나 보다. 고양이들 자는 모습을 보고 있으니 내게도 졸음이 스르르 몰려온다. 세상모르고 잠에 빠진 고양이들 곁에 자리 한 장 깔고 드러눕고 싶어진다.

누군가 쓰다 버린 비닐 장판 조각을 깔고 누운 오렌지티를 보니, 종이 한 장이라도 바닥에 떨어져 있으면 기어이 깔고 앉아야 직성이 풀리는 고양이 습성이 어딜 가나 싶다. 그 좁은 자리에 "나도 좀 누워보자" 하는 기세로 밀크티가 슬며시 끼어든다. 그나저나 밀크티 녀석, 자기 등 뒤에 분명 장판 조각이 하나 더 있었는데 제 것은 놔두고 남의 것을 탐내다니…….

졸지에 명당을 뺏긴 오렌지티는 그래도 밀크티를 쫓아내지 않고 장판 한쪽을

양보해준다. 그런데 밀크티는 남의 침대로 밀고 들어온 것도 모자랐는지 친구의 두둑한 뱃살에 슬쩍 머리를 얹는 게 아닌가. 오렌지티가 어이없다는 얼굴로 힐끗 쳐다보지만 밀크티는 모른 척 눈을 감는다. 말랑한 뱃살 베개를 포기할 수는 없다는 얼굴이다.

주변이 소란스러워지니 어린 노랑이가 잠에 겨운 눈으로 주위를 돌아본다. 뭔가 한마디 항의라도 하고 싶은 눈치지만 몰려오는 졸음에 짜증을 낼 마음도 사라져버렸는지 고개를 툭 떨구고 다시 잠에 빠진다.

고양이들은 하루에 평균 16시간을 잔다고 한다. 24시간 중에 깨어 있는 시간은 고작 8시간이라는 얘기다. 자는 시간이 긴 대신, 사람처럼 깊이 잠드는 것은 아니고 토끼처럼 얕은 쪽잠을 잔다. 잠잘 때도 고양이의 귀는 예민하게 열려 있어서 제 몸을 지킬 수 있다. 잠든 고양이가 깰까 봐 아무리 조심하며 다가가도, 인기척이 느껴지면 귀 끝을 미세하게 팔락팔락하다가 눈을 번쩍 뜬다. 이렇게 감각이 예민한 고양이들이니 잠든 사이 공격을 받지 않을까 하는 걱정은 접어둬도 될 것 같다.

고양이가 앞발을 모아 가슴팍 아래로 집어넣고 동그랗게 몸을 움츠린 자세를 식빵 자세라고 한다. 밀크티와 오렌지티, 카오스 대장이 한자리에 모여 있으니 꼭 식빵 3종 세트 같다. 덜 구운 빵, 잘 구운 빵, 너무 탄 빵. 구운 정도도 제각각인 식빵 세 덩이가 뜨거운 햇살에 등이 익는 줄도 모르고 잘도 잔다.

개성만점 발톱 손질법

　사람은 손발톱이 길게 자라면 손톱깎이로 깎으면 그만이지만, 손질을 대신해 줄 사람이 없는 길고양이는 직접 발톱 끝을 다듬을 수 있는 곳을 찾아다녀야 한다. 나무타기를 할 때나 사냥을 할 때도 날카로운 발톱 상태를 유지하려면 발톱 손질은 필수다.

　고양이의 발톱 손질은 칼을 갈 때처럼 무딘 면을 날카롭게 하는 게 아니라, 발톱 끝의 얇은 껍데기를 벗겨내기 위한 행동이다. 나무둥치 같은 까칠까칠한 곳을 열심히 긁어대면 발톱 끝의 껍데기가 툭 벗겨지면서 감춰져 있던 날카로운 새 발톱이 모습을 드러낸다.

　초승달 모양의 겉껍데기는 고깔처럼 속이 비어 있다. 손으로 꾹 누르면 바스러질 만큼 얇고 투명해서 꼭 곤충의 허물 같다. 그 모양이 나름대로 예뻐서 고양이를 키우는 사람들 중에는 그걸 모으는 사람도 있다. 고백하자면 나도 한때 함께 사는 고양이 스밀라의 발톱 껍데기를 모았었다. 하지만 아무도 눈여겨보지 않는 길고양이의 발톱은 그때그때 떨어져나가 흙에 묻히고 말 따름이다.

　길고양이의 발톱 손질에도 기본자세가 있다. 앞발로 나무를 붙들고 뒷발로 서서 체중을 실어 발톱을 긁는 방법이다. 그밖에 포옹하듯 나무에 몸을 딱 밀착시키고 발톱 손질을 하는 녀석도 있고, 두 발로 일어서서 하기가 귀찮은지 나무와 레슬링 하듯 몸을 반만 일으켜 발톱을 긁는 녀석도 있다. 북북 갈다가 신명이 나서 나무 위로 쏜살같이 뛰어오르는 기분파도 간혹 보인다. 자세야 어떻든 손질만 깔끔하게 끝나면 그만이다.

　고양이가 발톱긁개로 쓰는 곳은 정해져 있지만, 만날 똑같은 곳에 발톱을 긁는 일이 지겨워지면 가끔 색다른 도구에 도전하기도 한다. 화단 고양이 일족인 노랑아줌마가 선택한 건 신문지였다.

　평소 같으면 신문지 위에 살포시 앉아 깔개로 썼을 텐데, 노랑아줌마는 실험정신을 발휘해 발톱긁개로 사용해본다. 새 장난감을 발견하고 신이 났는지 엉덩이까지 엉거주춤 치켜들고 신문지 뜯기에 여념이 없다. 왼발 오른발, 다시 왼발 오른발, 보조를 맞춰가며 열심히 신문지를 뜯는다. 인간 세계에서는 남아도는 신문지지만 은신처에서는 구경하기가 쉽지 않은 물건이라 고양이 눈에는 새로운 장난감으로 보였나 보다.

길고양이의 발톱갈기는 부비부비로 이어지기도 한다. 카오스 대장의 시범을 한 번 보자. 대장은 방금 전까지 발톱긁개로 쓰던 나무토막에 올라타 킁킁 냄새를 맡는다. 제 소유임을 표시하는 냄새가 잘 배어 있는지 확인하는 것이다. 며칠 전에 얼굴을 문지르고 간 뒤로 냄새가 희미해진 것이 마음에 들지 않았던지 살며시 얼굴을 갖다 댄다. 본격적인 부비부비 시간이다.

고양이의 입 근처에는 냄새 분비선이 있는데 거기서 나는 냄새를 묻혀 제 영역을 표시한다. 부비부비 동작이 너무 열렬한 까닭에 사정을 모르면 '얘가 왜 이러나' 싶겠지만, 그때의 고양이 표정은 정말 시원하고 즐거워 보여 차마 말릴 수 없다.

모험정신이 투철한 카오스 대장은 발톱긁개로 동료들은 쓰지 않는 스티로폼도 좋아했다. 대장이 엉거주춤한 자세로 스티로폼 덩어리에 발톱을 찍고 박박 내려 긁을 때마다 하얀 스티로폼 가루가 눈송이처럼 사방으로 날렸다. 카오스 대장의 까만 털옷에도 눈밭에서 뒹군 것처럼 흰 가루가 잔뜩 묻었다. 이제 막 가을에 접어든 10월, 고양이 마을에는 때 아닌 눈이 내린다.

무궁화꽃이 피었습니다

길고양이들이 숲속 은신처에서 할 수 있는 소일거리란 빤하다. 나무 그늘 아래 누워 낮잠을 자거나, 한가한 시간에 미리 발톱을 갈아두거나, 친구와 숨바꼭질하는 것 정도일까.

노랑아줌마도 모처럼 한가한 틈을 타서 나무에 발톱을 긁어본다. 체중을 싣고 앞발톱을 꺼내 교대로 벅벅 긁어대다가, 문득 자기 옆으로 휙 지나치는 고등어 녀석을 발견하고 눈이 번쩍 뜨였다. 고개를 옆으로 쭉 빼고 친구의 뒷모습을 보는 노랑아줌마 뒤태가 '무궁화꽃이 피었습니다' 놀이를 하는 술래라도 된 것 같다.

'지금 저 녀석을 그냥 보내면 오늘도 하루 종일 심심하게 보낼지 몰라.'

여기까지 생각이 미쳤는지 노랑아줌마의 발걸음이 허둥지둥 바빠진다. 등 뒤에서 달려오는 노랑아줌마의 기척을 느낀 고등어가 뒤돌아보며 잠시 멈춰 선다.

"같이 가자 친구야!"

"나랑 노는 게 그렇게 좋아?"

"이거 왜 이러셔? 귀한 시간 내서 놀아주는데 고마운 줄 모르네."

나란히 걸어가는 두 마리 고양이의 뒷모습을 보면서 아마도 이런 대화를 나누지 않았을까 상상해본다. 노랑아줌마가 꼬리를 깃내처럼 치켜든 걸 보니, 모저럼 친구를 만나 기분이 들뜬 모양이다. 고양이는 기분이 좋을 때면 저렇게 꼬리를 바짝 세우고 걷는다. 가끔 옆자리 친구를 제 꼬리로 툭툭 치기도 하면서.

하품 고양이, 요괴는 아니에요.

　고양이가 입을 쩍 벌리며 하품할 때면 새삼 놀란다. ㅅ자 모양으로 앙다문 조그만 입안에 어쩌면 저렇게 깊은 동굴을 감추고 있었는지. 날카로운 송곳니가 빛나는 입안을 볼 때면 고양이가 호랑이와 같은 고양잇과 동물이라는 사실이 새삼 실감 난다. "신은 인간이 호랑이를 쓰다듬을 수 있도록 고양이를 만들었다"라는 글귀를 어떤 책에선가 읽은 적이 있는데, 하품하는 고양이는 정말 포효하는 작은 호랑이처럼 기개가 넘친다.

　하지만 고양이에 대한 부정적인 보도가 있을 때 종종 보여주는 사진 역시 고양이 하품 장면이다. 여기에 음산한 음향 효과까지 곁들이면 길고양이는 졸지에 공격적인 야생동물로, 혹은 공포영화 속 요괴 같은 이미지로 탈바꿈한다. 고양이를 싫어하는 사람에게는 하품할 때 옆으로 찢어지는 고양이 눈매나, 쫙 벌린 입술 사이로 드러나는 날카로운 이빨이 무서울 수도 있을 것이다. 두려움이 커지면 '혹시 지금 나를 위협하는 건가?' 하고 느낄지도 모른다.

　하지만 고양이 입장에서는 인간들의 이런 평가가 상당히 억울하다. 하품하느

라 입을 크게 벌리다 보니 송곳니가 드러났고, 입을 있는 대로 크게 벌려 얼굴 근육이 확 당겨지니 눈도 옆으로 쭉 찢어졌을 뿐인데. 게다가 날카로운 이빨은 원래부터 고양잇과 동물의 기본 특성인 걸 어쩌란 말인가. 하품은 누군가를 공격하려할 때가 아니라 오히려 한가로울 때나 하는 행동인데, 고양이를 모르는 사람들은 그런 점을 알지 못하니 오해가 생긴다.

고양이를 무서워하는 사람이 있겠지만, 정작 길고양이는 지나가는 사람에게 별 관심도 없는 경우가 대부분이다. 원래 고양이는 조심성이 많고 겁도 많은 동물이다. 사람과 얽히면 피곤해진다는 걸 알기에, 길고양이는 웬만하면 사람과 마주쳤을 때 피해 가기 일쑤다.

정말로 고양이가 상대방을 위협할 때의 자세는 따로 있다. 눈을 부릅뜨고 적을 주시하면서 입을 한껏 벌려 '하~악!' 하고 소리를 내는 것이다. 고양이가 하악질로 인간을 위협하는 때는 크게 두 가지다. 자기가 위협받았을 때, 그리고 새끼가 위험하다고 느낄 때.

어쨌든 고양이의 위협이라고 해봤자 "가까이 오지 마" 정도의 소심한 경고에 그칠 뿐이니 적당한 거리를 유지하기만 한다면 고양이가 인간을 먼저 공격하는 일은 없다. 고양이가 나를 공격할까 무서워서 밤길이 두렵다면, 그런 걱정은 하지 않아도 된다고 알려주고 싶다.

어쩌면 고양이 하품 사진은 연예인들의 '순간포착 사진'과 비슷한 게 아닐까? 눈이 뒤집혀 흰자만 보이는 얼굴, 막 일어난 사람처럼 게슴츠레한 눈, 말하는 도중에 입술이 이상하게 일그러진 순간을 절묘하게 포착해 찍은 사진을 보고 사람들은 '굴욕 사진'이라며 웃지만, 사진 속에 찍힌 모습이 그 연예인의 본질이라고 생각하지는 않는다. 고양이의 하품도 다를 바 없다.

햇고양이가 맞이한 첫눈

올해 첫겨울을 맞이한 분홍코는 사방을 하얗게 덮은 눈이 신기하기만 하다. 보통 길고양이들은 흙을 파헤치거나 쓰레기통을 뒤지느라 콧잔등에 까맣게 때가 묻지만, 분홍코는 아직 어려서인지 분홍빛이 선명한 혈색 좋은 코를 유지하고 있다. 눈밭을 마구 내달리다가 얼굴에 보송보송한 눈가루를 묻힌 분홍코가 사시처럼 눈동자를 모으고 코끝의 눈을 바라본다. '차갑고 아무 맛도 없는 이 가루는 뭘까?' 하는 표정이다.

신기한 듯 눈밭을 종종걸음으로 누비고 다니는 분홍코를 보면 함민복 시인의 수필 「사람 소리」 중 한 대목이 떠오른다. 시인은 눈을 처음 보고 어리둥절해하는 마당개 길상이에게 "너는 햇개니까 눈을 모르겠구나, 이게 눈이라는 것이다" 하고 우쭐대며 가르치다가, 집 뒤편 느티나무에게 미안해하며 고개 숙인다. 어린 개보다 고작 몇십 년 더 살았다고 수백 년 세월을 살아온 느티나무 앞에서 주름잡은 걸 겸연쩍어한 시인의 마음도 따뜻하지만, 햇개라는 말이 정겹게 들렸다. 분홍코도 아직 한 살을 넘기지 못했으니 햇고양이인 셈이다.

눈밭에서 식빵 굽는 길고양이들

폭설 내린 다음 날 길고양이들은 어떻게 혹독한 추위를 견딜까? 걱정도 되고 설 연휴도 다가오는지라 별식을 챙겨 들고 화단 고양이들을 만나러 나섰다. 다들 어디엔가 숨어 바람을 피하고 있는지 한 마리도 보이지 않더니, 가방을 열어 부스럭거리며 사료 봉지를 꺼내는 동안 낯익은 녀석들이 어슬렁어슬렁 다가온다.

"밥이다, 밥!" 하며 성큼성큼 다가오는 밀크티의 앞발에 설탕처럼 고운 눈가루가 묻었다. 집고양이였다면 어렸을 때처럼 선명한 분홍색을 여전히 유지했을 발바닥에도 세월의 때가 묻었다. 동물병원에서 길고양이에게 TNR('Trap, Neuter, Return'의 약자로 길고양이를 포획해 중성화 수술을 한 후 제자리에 방사하는 것)을 할 때 진짜 길고양이인지 집고양이인지 확인하는 기준 중의 하나가 발바닥의 굳은살이라니, 길고양이의 삶이 얼마나 고단한지 짐작할 만하다.

보통 서열 높은 고양이가 먼저 먹이를 차지하는 법이지만, 양이 넉넉한 걸 알기에 서두르는 법 없이 여러 마리가 둥글게 둘러앉아 머리를 맞대고 사이좋게 먹는다. 이렇게 추운 날에는 평소 주던 양을 가늠해 가져와도 먹어치우는 속도가 훨씬

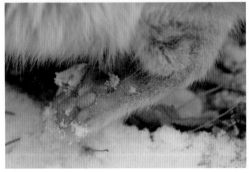

빠르다.

　길고양이들은 겨울이면 체온을 유지하는 데 많은 에너지를 쓴다. 당연히 여름보다 먹는 양이 많다. 여름철 길고양이 사료 1인분보다 겨울철의 1인분이 더 많아야 하는 이유도 거기 있다. 게다가 겨울은 여름보다 비가 오는 날이 적기 때문에 물을 구할 수 있는 곳이 마땅치 않아서 더 괴로운 계절이기도 하다.

　내린 눈에 발이 시려도 춥다고 꼼짝 않을 수는 없는 일. 부지런히 돌아다녀야 그날 치의 일용할 양식을 구할 수 있으니, 녀석들도 추위를 견디는 방법을 스스로 터득해간다. 밥을 양껏 먹고 배를 두둑하게 불린 고양이들이 조금씩 몸을 붙여 다가앉는다. 서로 체온을 느낄 수 있을 만큼 가까이 있으면 추위도 조금은 덜하다는 걸 아는 까닭이다. 세 마리 고양이는 눈밭에 최대한 덜 닿으려고 몸을 웅크리더니 식빵 자세를 취한다. 갓 구운 따끈따끈한 식빵의 온기로 쌓인 눈을 모두 녹여버리자고 세 녀석이 머리를 맞대고 작당이라도 하는 듯하다.

길고양이 효자손

"어허, 시원하다!"

앞발을 곧잘 손처럼 사용하는 고양이에게도 직접 긁기 어려운 곳이 있다. 그럴 때마다 고양이는 주변에 있는 도구를 효자손처럼 써서 가려움을 해소한다. 화단 곳곳에 자라는 나뭇가지는 꽤 쓸 만한 효자손이 되어준다. 사람이 효자손을 쓸 때는 등을 긁지만, 고양이는 턱밑을 주로 긁는다. 귀 옆도 한번 벅벅 긁어보고 시원한지 눈을 지그시 감는 모습이 귀엽다.

고양이가 사용하는 효자손에도 여러 가지 종류가 있다. 밀크티는 특히 Y 자형 나뭇가지 효자손이라면 사족을 못 썼다. 어찌나 시원해하는지 턱 한가운데를 마구 문지르다가 무아지경에 빠질 정도였다. 한 번 문지르는 것만으로 두 군데가 시원해지니 일석이조다.

나뭇가지는 길고양이가 쓰는 효자손 중에서도 가장 보편적인 도구이지만, 가끔은 이런 걸 효자손 대신 써도 될까 싶은 물건으로 거침없이 턱을 긁어 놀라게 만드는 녀석도 있다. 새끼들을 안전한 곳에 데려다놓고 잠시 여유를 즐기는 노랑아

줌마가 효자손으로 선택한 건 환기구 위로 깔아놓은 성긴 철망이었다. 나뭇가지야 끝이 뭉툭하니 별 문제 있겠나 싶었는데 이건 철망 아닌가. 혹시 철망 끝에 턱이 긁혀 상처가 나는 건 아닌가 걱정이 됐다.

하지만 아무런 문제없이 철망을 효자손 대신 쓰는 모습을 보니 역시 노랑아줌마의 연륜도 만만찮다는 걸 알겠다. 힘과 속도를 조절해 상처 입지 않고 딱 가려운 곳을 긁는 정도로만 쓸 줄 아는 것이다. 고양이 전용 빗 중에서 가느다란 철선이 촘촘히 박힌 '슬리커'라는 빗이 있는데, 가만 보니 딱 그것과 닮은 모습이다. 평생 한 번도 써보지 못했을 슬리커의 대용품을 주변에서 찾아내는 길고양이의 지혜가 새삼 놀랍다.

깍두기 고양이

그 고양이를 처음 보았을 때는 어딘가 아프거나 더위를 먹은 게 아닌가 싶었다. 인생이 고단해서 컵소주 원샷하고 길가에 쓰러진 아저씨처럼 화단에 아무렇게나 누워 있는 모습이 딱 그랬다. 고양이 얼굴은 역삼각형이거나 동그란 모양이 대부분인데, 녀석은 제대로 먹지 못해서인지 볼이 움푹 들어가서 오히려 얼굴이 깍두기처럼 네모지게 보일 정도였다. 게다가 눈곱 낀 눈두덩은 부어 있고 귀에도 거뭇거뭇한 진드기가 그득했다.

영양 상태가 좋지 않은 고양이는 몸단장도 깨끗이 하기 힘들어 꼬질꼬질한 모습으로 다니곤 한다. 그렇게 노숙 생활의 고단함을 온몸으로 보여주는 녀석들을 보고 사람들은 못난이 고양이라고 부른다. 나는 녀석을 깍두기 고양이라 부르기로 했다. 무리와 섞이지 못하고 겉도는 사람을 흔히 '깍두기'라 부르는데, 고양이들 사이에도 그런 경우가 있다. 사람의 얼굴에 살아온 일생이 스며 있듯 깍두기 고양이에게서도 그간의 고단한 삶이 비친다.

그러나 아무리 기운이 없어도 길고양이는 인간을 피해 달아날 때만큼은 온몸의 힘을 불시에 쥐어짜낸다. 나를 발견하고 민첩하게 달아나는 모습만 보면 방금 전까지 지쳐 쓰러져 있던 그 고양이가 맞나 싶다.

미행이 떨어지지 않고 계속 따라붙는다는 걸 깨달은 녀석이 가느다란 눈을 힘껏 부릅뜬다. 눈이 아파 크게 뜨지 못하는 줄 알았는데, 아까는 만사가 귀찮아 실눈을 떴던 모양이다. 얼굴이 깡마른 깍두기 고양이는 왠지 눈빛도 더 형형해 보인다. 줄줄 흐르는 눈곱 닦고 코에 난 생채기가 아물면 저 인상도 부드러워지려나.

시간을 거꾸로 돌려 깍두기 고양이의 어린 시절을 상상해본다. 녀석도 한때 통통하고 동그란 얼굴로 귀염 받으며 살았을 것이고, 굳은살이 박이고 갈라진 잿빛 발바닥도 찰떡처럼 말랑했을 것이다. 길에서 견뎌온 고된 삶이 그를 늙고 지친 고양이로 만들어놓았을 따름이다.

그러나 고단함이 고스란히 읽히는 저 얼굴은 그가 견뎌온 삶의 무게만큼 자랑스럽다. 동그랗던 얼굴에서 살집을 깎아내는 세월의 힘에 짓눌리지 않고 아직까지 꼿꼿하게 버티고 있으니. 얼굴이 홀쭉해지다 못해 깍두기처럼 변한 길고양이를 본다면 더 이상 어리지도, 귀엽지도 않다고 해서 외면하진 말기를. 험한 세상 잘 견뎠다고 빈말이라도 따뜻한 한마디 건네주기를.

사랑 담은 고양이 발라당

고양이가 등을 바닥에 붙이고 배를 드러낸 채 몸을 이리저리 뒤채는 행동을 애묘인들은 '발라당'이라 부른다. 고양이의 습성을 잘 몰랐던 시절, 처음 길고양이의 발라당 놀이를 보았을 때는 등이 가려워서 긁으려고 저러나 싶었다. 우리 집에 스밀라가 업둥이 고양이로 들어오면서 의문은 자연스럽게 풀렸다. 기분이 좋을 때나 애교를 부릴 때 스밀라는 발라당 자세를 하곤 했다. 자기와 놀아주고 쓰다듬어달라고, 관심 좀 달라고 말하고 싶을 때면 고양이는 몸으로 말을 건다.

고양이는 믿을 수 없는 사람 앞에서는 배를 드러내놓지 않는다. 그러니 어떤 고양이가 눈앞에서 발라당 자세를 취한다면, 그건 당신을 믿는다는 뜻이다. 고양이가 앞다리를 90도로 접고 발라당을 하는 자세에는 애교가 넘친다. 반가운 상대를 만났을 때 말고도 발정기에 발라당 자세를 자주 하는 걸 생각해보면 그 몸짓의 뜻이 짐작 간다. 고양이의 교태 섞인 행동은 사람뿐 아니라 고양이들 사이에서도 먹힌다는 이야기다.

아니, 이렇게 설명하면 앞뒤 순서가 바뀐 듯하다. 원래 발라당은 고양이들의

이성을 유혹하기 위한 몸짓이었지만, 고양이를 좋아하는 사람은 그 몸짓 언어를 꿰고 있기에 인간에게도 고양이의 유혹이 통한다는 설명이 더 어울리겠다.

벌써 몇 년째 화단 고양이 무리의 정신적 지주 노릇을 해온 카오스 대장이 새끼에게 발라당의 기본자세를 가르치는 것을 본 적이 있다. 발라당 자세의 묘미는 절반으로 접은 앞발의 귀여운 각도와 "아잉~ 그냥 갈 거냐옹?" 하고 말하는 것처럼 고개를 갸웃 기울인 모습에 있다.

하지만 어린 새끼는 엄마가 가르쳐주는 몸짓을 흉내 내기는 해도 아직 그 동작의 핵심을 모른다. 발라당의 기본은 유혹하는 듯한 그 몸짓인데 말이다. 그윽하게 반쯤 감은 새끼고양이의 눈빛과 분홍색 코는 제법 고혹적이지만, 아직은 발라당 자세보다 허우적거리는 모습에 가깝다. 고개를 갸웃하는 미묘한 각도도 엄마를

보고 한참은 더 배워야 할 듯하다. 하지만 사랑을 표현하는 방식이 능숙하다고 해서 다 좋은 것만도 아니니 기운 내기를. 새끼 고양이의 발라당은 또 그 나름대로 풋풋한 맛이 있어 사랑스럽다. 서툴지만 열심히 노력하는 그 모습은 그 시절이 아니면 보여주지 못할 테니까.

　발라당 자세를 하고 있으면 고양이도 마음이 편안해지는 것 같다. 노랑아줌마가 따뜻한 햇살을 받으며 발라당발라당 몸을 뒤채더니 스르르 눈을 감는다. 한쪽 앞발을 그대로 들고 있는 걸 보니 자기도 모르게 잠이 든 모양이다. 그렇게 한낮의 햇볕을 이불 삼아 단잠에 빠진다.

주인공도 죽는다

서울에 100년 만에 폭설이 내렸다던 날, 걱정스런 마음에 화단 고양이들을 찾았다. 시간은 늦어 이미 해가 지고 사방이 어둑해졌지만, 화단에 인기척이 느껴지자 고양이들도 하나둘 불빛을 향해 다가온다. 은신처 옆 음식점 유리창을 통해 흘러나오는 희미한 불빛 속에서 익숙한 얼굴들이 보인다. 카오스 대장, 노랑아줌마, 회색냥 모두 큰 소리로 울며 반긴다. 어서 밥을 내놓으라고, 배고파 죽겠다고 보채는데 밀크티가 보이지 않는다. 번갈아가며 밥 주던 이웃들의 손길도 눈 때문에 뜸해지고 먹이도 구하기 힘들 텐데 밀크티는 왜 아직까지 나타나지 않을까.

어둠 속에 흐릿하게 보이는 소나무 숲 그늘 어딘가에서 쉬고 있겠지, 그도 아니면 바람막이 천막에 깊숙이 몸을 숨기고 추위를 피하느라 인기척을 못 느낀 거겠지. 불길한 상상을 애써 억누르며 다음 만남을 기약했다. 하지만 시간이 흐르고 발목까지 쌓였던 눈이 다 녹은 뒤에도 여전히 밀크티는 보이지 않았다. 눈과 함께 녹아버린 것처럼 흔적도 없이 사라진 것이다. 잠시 자리를 비운 것뿐이라고 믿기에는 나타나지 않는 시간이 너무 길었다.

내 망상을 비웃듯 밀크티가 회양목 덤불 속에서 불쑥 뛰어나와 준다면 좋으련만, 다음에 찾아왔을 때도 만나지 못한다면 불인힌 예감이 획신으로 비낄 것만 같아 두려웠다. 결국 그 예감은 틀리지 않았다.

화단 고양이들의 구역에서 내 마음속 주인공은 밀크티였다. 길고양이와 만났다 헤어지는 일이 처음은 아니지만, 왠지 화단 고양이들의 이야기가 이어지는 동안에는 녀석도 살아 있을 것만 같았다. 주인공은 웬만하면 이야기가 끝날 때까지 죽는 법이 없으니까.

2007년에 처음 만난 밀크티는 화단 고양이들 중에서도 가장 정이 가던 녀석 중 하나였다. 은신처를 찾아간 날이면 내 카메라는 대개 밀크티를 향했지만, 짝사랑하는 사람을 몰래 찍고 그 사진을 혼자 간직하는 여자처럼 밀크티를 애써 담담하게 대했다. 적극적으로 다가가기보다는 말없이 응원하는 쪽이 밀크티를 위한 일인 것 같아서.

가끔 밀크티가 보고 싶어지면 사진을 꺼내본다. 숨바꼭질하는 밀크티, 하악질하는 밀크티, 식빵 굽는 밀크티가 그 안에 있다. 때론 까칠하고 때론 다정했던 밀크티. 이젠 더 이상 살아 움직이는 모습을 볼 수 없어도 사진 속 밀크티의 모습은 여전하다. 내가 더 이상 붙잡지 못하는 것들, 이미 잃어버린 것을 사진은 되살려내고 간직하게 만든다.

길고양이 마음은 소금밭이다.

소리 없이 눈이 내린다. 벌써 3월인데도 쏟아지는 눈발의 기세가 만만찮다. 겨울이 다 갔겠지 하고 방심했던 길고양이들에게는 계절을 잊은 눈 폭탄이 당혹스럽기만 하다. 인간처럼 제설차를 쓰는 건 고사하고 조그만 눈삽조차 쓸 도리가 없으니.

그래도 발바닥이 시리고 춥다고 은신처에 꼼짝 않고 앉아 있을 수는 없다. 오늘도 텅 빈 배 속에 한 끼 밀어넣으려면 종종걸음을 치며 밖으로 나설 수밖에. 여러 고양이들이 분주히 왔다 갔다 한 눈밭 위로 가느다란 '고양이 길'이 만들어졌다. 몸통 굵은 뱀이 구불구불 지나간 것 같은 모습이다.

그렇게 쌓인 눈을 밟아 다져서 길을 만들어야 겨우 먹이를 구하러 나올 수 있는 날, 고양이 힘으로는 어쩔 수 없는 그런 날이면 길고양이들은 곁에 웅크린 친구의 온기에 몸을 맡기고 시린 마음을 보듬는다. 내가 노랑아줌마를 묵묵히 지켜보는 동안, 아줌마도 말없이 그 자리에 앉아 있다. 길고양이 등에 내려앉는 눈송이는 만지면 손을 벨 듯 날카롭게 각이 진 소금을 닮았다.

소금처럼 눈이 내리는 날이면 떠오르는 책이 있다. 문학평론가 이명원의 『마음

이 소금밭인데, 오랜만에 도서관에 갔다』라는 책이다. 책 제목치고는 길기도 하거니와 묘한 부조화를 이룬 문장이 궁금증을 불러일으켜 마음에 남았다.

마음이 소금밭인데 도서관에 가는 사람의 심리는 어떤 것일까. 질 나쁜 소금을 입에 털어 넣으면 입안을 가득 채우는 씁쓸하고 찝찌레한 맛. 마음이 그런 기운으로 가득 찰 때면 글쓴이는 도서관을 찾아 마음을 달랬던 모양이다. 그는 책으로 둘러싸인 거대한 자궁 같은 공간에 머물며 위로받았던 게 아닐까 싶다. 소금밭 같은 마음이란 벌어진 상처에 소금을 뿌린 것처럼 따갑고 아린 마음일 거라고 짐작해 본다.

아리고 쓰린 상처에 소금을 뿌려대는 누군가의 손길을 떠올리고, 그 소금 같은 눈을 묵묵히 맞으며 견디는 고양이의 마음을 상상한다. 겉으로는 묵묵하게 앉아 있는 것처럼 보여도, 눈밭에 나와 앉은 고양이들은 "이제 그만 좀 퍼부으시죠!" 하며 하늘에 있는 누군가를 향해 시위하는 중이었는지도 모른다.

민들레꽃에 홀린 억울냥

눈두덩 위의 짧은 털이 아래로 처져 눈을 살짝 덮는 바람에 늘 억울한 인상으로 보이는 고양이가 있다. 화단 고양이들 중 어린 고등어 무늬 녀석이 그런 눈매였는데, 늘 시무룩한 표정이 측은해 보여 '억울냥'이라고 부르다가 별명이 어영부영 이름으로 굳어져버렸다. 그래도 눈매만 처졌을 뿐이지 성격까지 침울한 건 아니어서 어린 고양이답게 폴폴거리며 이곳저곳 탐색하고 다니곤 했다.

호기심으로 가득한 억울냥의 눈에 문득 아직 피지 않은 민들레 꽃봉오리가 들어온다. 나뭇가지든 손가락이든 길고 뾰족한 것만 발견하면 턱을 문지르고 보는 본능 탓에, 아직 채 피지도 않은 봉오리에 자꾸만 눈길이 간다. 바람 불면 부는 대로 몸을 흔드는 꽃봉오리가 "어서 내 얼굴에 턱밑을 긁어보렴" 하고 꾀는 것만 같다.

살랑거리는 민들레의 유혹에 못 이겨 억울냥이 살며시 코를 들이민다. 오뚝한 고양이 코와 뾰족한 민들레 꽃봉오리가 서로 만난다. 억울냥은 뜨거운 것을 살짝 만져보는 아이처럼 코끝으로 톡톡, 가볍게 꽃봉오리를 건드리며 냄새를 맡는다.

마음에 드는 향기가 나면 본격적으로 냄새를 맡고, 아니다 싶으면 그쯤에서 그만두려는 것이다. 냄새에 민감한 고양이는 싫은 냄새가 나면 바로 눈살을 찌푸리며 물러서는데, 민들레 꽃봉오리 앞에 선 억울냥은 웬일인지 떠날 줄 모른다. "무슨 냄새인데 이렇게 향긋하지?" 하는 표정으로 눈을 동그랗게 뜨고는 연거푸 냄새를 맡는다.

화살촉처럼 힘차게 하늘로 솟아오른 꽃봉오리의 모양새와 달리 민들레꽃 줄기는 힘이 없다. 고양이가 코끝으로 톡 건드리면 미는 대로 흔들거리기만 할 뿐 버티지 못한다. 억울냥은 민들레 특유의 향기가 싫지 않았던지, 이번에는 봉오리 말고 바로 옆에 활짝 핀 꽃송이로 다가가 다시 꼼꼼히 냄새를 맡는다. 이제 곧 희미해질 봄 내음을 기억해두려는 것처럼.

그러고 보면 길고양이와 민들레는 서로 많이 닮았다. 험한 땅도 가리지 않고 태어나고, 사람들이 아무리 뿌리 뽑으려 해도 질긴 생명력으로 다시 피어난다는 점이 그렇다. 민들레꽃이 수명을 다해 홀씨가 되면 보들보들한 감촉이 꼭 고양이털 같다. 그러니 봄날의 고양이를 닮은 꽃을 하나만 꼽으라면 역시 민들레다.

억울냥이 민들레를 유심히 들여다볼 때, 나도 바닥에 엎드리다시피 몸을 낮추고 억울냥의 눈을 들여다본다. 얼마 전까지만 해도 청회색이 돌던 두 눈이 고동색으로 변하면서 차차 어른 고양이의 눈빛이 되어간다. 지난해 통통하고 짧은 다리를 열심히 놀리며 어른들을 따라 사료를 얻어먹던 모습이 선한데 어느새 저렇게 컸나 싶다. 봄이 언제 왔는지 모르게 금세 지나가듯이 길고양이의 어린 시절도 쏜살같이 흘러간다. 한편으론 아쉽고 한편으론 대견한 마음으로, 청소년기를 맞이한 억울냥과 지그시 눈을 맞춘다.

고개 숙이고 시간을 들여 바라보지 않으면 보이지 않는 아름다움이 있다. 지표면을 따라 자라는 들꽃처럼, 세상의 낮은 곳을 걷는 길고양이들도 그렇다. 언젠가 인간의 말을 고양이 말로 통역해줄 수 있는 날이 온다면 이 시를 꼭 읽어주고 싶다. 나태주의 짧은 시 「풀꽃」이다. '풀꽃'이라는 원제 대신 '길고양이'를 슬며시 대입해도 어색함이 없으리라.

자세히 보아야 예쁘다
오래 보아야 사랑스럽다
너도 그렇다.

지붕 고양이의 사연

화단 고양이들이 숨어 있는 덤불 근처를 어슬렁거리는데 머리 위가 따끔하다. 누가 쳐다보나 싶어 눈길을 하늘로 돌린다. 고개를 쭉 빼고 내 쪽을 조심스럽게 내려다보는 길고양이와 눈이 딱 마주친다. 한때 화단 고양이와 같은 공간을 썼지만 영역 다툼에 밀려나 땅 아래로 내려오지 못하는 탓에 '지붕 고양이' 일족이 된 녀석들이다.

회양목 덤불을 중심으로 펼쳐진 화단 일대가 길고양이들에게 인기를 누리는 노른자위 땅이라면, 화단과 맞붙은 가건물 지붕 위는 상대적으로 비선호 지역에 속한다. 여행자 숙소에서 2층 침대의 위층보다 아래층이 인기 있는 것과 같은 이치랄까.

높은 곳도 비교적 자유롭게 오르내리는 고양이는 상황을 장악할 수 있는 높은 자리를 좋아한다. 집고양이가 캣타워 맨 꼭대기나 책꽂이, 옷장 위 같은 장소를 좋아하는 것과 마찬가지다. 그런데 지붕 고양이 일족의 경우에는 상황이 조금 달랐다. 화단을 선점한 고양이들과의 세력 다툼에서 밀려난 녀석들이 지붕 위 유배

지로 쫓겨 간 형국이었다. 한 영역을 공유하며 살아도 지붕에서 살아가는 녀석들은 불편함을 감수하고 지내야 한다. 한번 위로 몰리면 일단 먹을 것이 생겨도 지붕 고양이에게까지 차례가 돌아가기란 쉽지 않다.

지붕 고양이로 살아가는 녀석들 중에는 장애를 입고 밀려난 고양이들도 종종 보였다. 제법 나이 든 어른 고양이 두 마리와 함께 지붕 위에서 아래를 관망하던 어린 고양이 한 마리와 눈이 마주쳤는데, 가만히 보니 한쪽 눈을 내내 감고 있었다. 단순히 눈병에 걸린 정도가 아니라 한쪽 눈을 영영 잃은 듯했다. 이런 경우엔 공간 지각이나 균형 잡기에도 힘들뿐더러 먹이 다툼에서도 밀리기 쉽다. 그래서 녀석도 다른 고양이들과 함께 지붕 위로 쫓겨났으리라.

심드렁하게 누워 햇볕 쬐기에 여념이 없는 어른들과 달리 어린 고양이는 내 모습을 자세히 보려고 몸을 곧추세운다. 한쪽만 남은 눈을 동그랗게 뜨고 빤히 내려다보는 모습이, 제 눈에 비친 대상은 하나도 놓치지 않겠다는 기세다.

나와 눈을 맞추는 어린 고양이의 꼬질꼬질한 얼굴에 신산스런 삶이 묻어난다. 하지만 성한 한쪽 눈은 여전히 생기가 있다. 호기심 어린 눈을 빛내며 낯선 인간과도 당당히 눈싸움을 할 만큼 배짱이 있고, 어른 고양이들과 어깨를 나란히 하고서도 밀리지 않는 녀석이라면 어디에서도 근성으로 버틸 수 있을 것 같다.

혹시 길을 가다 한쪽 눈을 잃은 길고양이를 만난다면 무서워하지 말기를. 그 고양이도 치열한 생존경쟁에서 살아남으려고 노력하고 있을 뿐이니까. '저 고양이는 외눈이네' 하고 무섭게 여기기보다 '윙크하는 고양이구나' 하고 반갑게 맞아준다면 고양이도 힘을 낼 수 있을 것이다.

고양이의 밤바카 놀이

어렸을 때 놀이공원에 가면 언제나 '밤바카'라는 놀이기구를 탔다. 2인승 미니 자동차를 운전하면서 다른 사람이 탄 차를 쿵쿵 들이받는 것인데, 영문 표기를 보면 범퍼카라고 해야겠지만 옛 추억을 생각하면 역시 밤바카로 불러야 제맛이다.

길고양이 세계에도 밤바카 놀이가 있다. 물론 고양이들이 자동차를 타고 노는 건 아니고 소싸움 하듯 머리로 상대방을 들이받는 거지만, 서로 머리로 들이받으며 느끼는 재미는 밤바카 놀이와 다를 바 없다. 소가 머리로 들이받는 행동은 공격을 뜻하지만, 고양이들의 밤바카 놀이는 친밀감을 표현하는 수단이다.

그런데 밤바카 놀이에도 지켜야 할 선이 있다. 상대방이 기분 나쁘지 않을 정도로만 부딪치도록 적당한 선에서 힘 조절을 해야 한다는 거다. 하지만 아직 어린 억울냥은 제힘을 다스릴 줄 모른다. 그저 좋다고 온몸의 힘을 실어 노랑아줌마를 쿵쿵 들이받으며 신이 났다. 한쪽 귀가 짜부러질 때까지.

노랑아줌마도 처음 몇 번은 억울냥의 도발을 너그럽게 받아줬지만 점점 귀찮아하는 기색이 역력하다. 급기야 아줌마의 머리가 홱 돌아갈 만큼 힘차게 머리를 부

딪쳐버린 억울냥. 아니, 저 뒷감당은 어떻게 할 셈인지.

억울냥이 발랑 드러누워 노랑아줌마의 몸을 붙잡고 레슬링 기술을 걸었지만, 노랑아줌마는 더 이상 장난을 받아줄 마음이 없는지 하악질을 한 번 하고는 잰걸음으로 빠져나가버렸다. 활짝 벌린 억울냥의 두 앞발만 민망해졌다.

시무룩해진 얼굴로 주저앉아 두 귀를 납작 늘어뜨리는 억울냥. 아까 노랑아줌마 몸에 머리를 너무 힘차게 부딪쳐서 그런지, 아니면 실망한 마음 때문인지 한쪽 귀가 유독 아래로 기울었다. 그런 억울냥을 지켜보는 노랑아줌마 얼굴이 꼭 "어이구, 언제 철들래?" 하는 표정이다.

다행히 귀를 뒷발로 몇 번 박박 긁고 나니 한쪽으로 기울었던 귀도 원래 상태로 돌아왔다. 이번 경험으로 억울냥도 어른들이 언제나 장난을 받아주진 않는다는 걸 깨달았을 것이다.

어린 고양이가 몸에 익혀야 할 생활예절 중 하나가 힘 조절이다. 무리에서 사회성 있는 고양이로 인정받으려면 장난칠 때와 공격할 때 힘을 어떻게 달리해야 하는지 배워야 한다. 앞발을 휘두르더라도 공격용으로 발톱을 내밀어 할퀼 때가 있고, 장난용으로 발톱을 넣고 '솜방망이 앞발'을 만들 때가 있다는 걸 구분해야 진정한 어른 고양이다. 노랑아줌마에게 꾸지람을 들은 억울냥도 이번 일을 겪으면서 적당히 놀고 적당히 접는 법을 배웠을 것이다.

오래 살라고, 고똥아

　직장을 잠시 쉬고 유럽 고양이 여행을 다녀오느라 한 달간 서울을 떠나 있었던 동안, 카오스 대장이 낳은 새끼들이 제법 자랐다. 대장은 새끼들 중에서도 가장 어리고 약한 노란 고양이를 보살피며 늘 노심초사였다. 통통한 여느 새끼고양이들과 달리 몸도 앙상했고, 피부병에 걸렸다 회복되는 중인지 털이 뭉텅이로 빠졌다가 새로 난 흔적도 보였다. 잔병치레에 축난 새끼고양이의 젖살은 쉽사리 원래대로 돌아오지 않았다. 옛날 사람들은 귀한 자식이 태어나면 오래 살라고 일부러 '개똥이'처럼 똥이 들어가는 험한 이름을 붙여주었다는데 이 녀석은 '고양이똥'을 줄여 고똥이라고 불러줘야 할까. 오래 살라는 기원을 담아서.

　여느 고양이들은 찹쌀떡처럼 도톰한 발가락 속에 발톱을 숨겨 다니지만, 고똥이에겐 앞발가락 살이 벗겨진 것처럼 거의 없어서 늘 발톱이 밖으로 드러나 있었다. 도톰한 살로 덮인 뒷발가락과 비교해보면 고똥이의 앞발 상태를 알 수 있다. 앞발톱 몇 개는 부러졌는지 짧고 끝이 뭉그러진 발가락만 보인다.

　주변의 걱정을 아는지 모르는지, 고똥이는 엄마와 멀찍이 떨어져 가만히 앉아

있다. 그래도 아직까지는 고양이 무리에서 도태되지 않고 의연하게 버티고 있다. 다른 고양이들과 달리 유독 살이 찌지 않는 것이 늘 안쓰러워 화단 고양이들을 만나러 갈 때마다 영양식을 챙겨주곤 하지만, 몸무게는 고만고만할 뿐 잘 늘지 않았다.

그런 고똥이를 돌아보는 카오스 대장의 홀쭉해진 얼굴에도 근심이 묻어난다. 새끼를 낳고 젖까지 먹여 키우느라 몇 달 전보다 한결 몸이 축난 듯하다. 대장이 뚜벅뚜벅 다가와 고똥이의 몸을 코끝으로 툭툭 치며 안부 인사를 건네니 고똥이도 마냥 신이 났다. 비쩍 마른 앞발에도 경쾌함이 실리고, 꼬리 끝은 들뜬 마음만큼 하늘로 삐쭉 솟아오른다. 은신처를 지키느라 바쁜 카오스 대장이지만, 오늘은 식빵 굽는 고똥이 곁에서 시간을 보낼 모양이다.

비실비실해 보이지만 다행히 고똥이는 식욕이 왕성했다. 맛있는 것을 보면 다른 식구들에게 뺏길까 싶어 작은 입으로 앙 물고 안전한 곳으로 옮겨다 혼자만 먹는 꾀도 부렸다. 살이 통통히 오른 다른 어린 고양이들에 비하면 미모가 떨어지지만, 쏙 들어간 볼 위로 형형히 빛나는 두 눈에는 앞으로도 제 운명을 이겨나갈 거라는 의지가 담겨 있다. 특별히 응원해주고 싶은 고양이나 마음에 남는 고양이가 있다면 이런 녀석들이다.

"저 사람, 아줌마가 상대해주실래요? 전 좀 신경이 쓰여서……."

아까부터 떠나지 않고 화단 근처를 어정거리고 있는 나를 의식했는지, 고똥이가 난처한 듯 노랑아줌마를 흘깃 보며 지원 요청을 한다. 긴 말도, 부탁하는 울음소리도 필요 없다. 눈빛 한 번이면 충분하다. 어린 고똥이를 지키는 건 카오스 대장뿐만이 아니다. 대장의 오랜 동료인 노랑아줌마도 한몫 거든다.

"우리 고똥이 쉰단다, 귀찮게 할 생각이면 얼른 가거라!"

지원에 나선 노랑아줌마가 몸을 낮추고 내 쪽으로 향해 이놈, 하고 호통치는 자세를 취한다. 그런 노랑아줌마 뒤로 숨어 "고똥이 쉴 거다" 하고 살며시 장단 맞추는 어린 고양이의 눈매에 웃음이 나온다. 든든한 지원군을 확보한 고똥이의 얼굴에도 여유가 어린다.

바가지 머리 길고양이

흘러간 드라마를 보면 꼭 바가지 머리를 한 아이들이 나온다. 요즘에도 그런 머리를 멋지게 하고 다니는 사람들이 있지만, 여느 사람들에게는 이른바 '간난이 머리'라는 인식이 뚜렷해서 어지간한 패션 감각으로는 소화하기 힘들다. 길고양이 중에도 그런 바가지 머리를 꼭 닮은 무늬를 한 녀석이 있다.

검은 얼룩무늬가 앞머리처럼 눈썹 바로 위까지 내려온 모습이 딱 바가지 머리다. 멀리서 봤을 땐 앞머리를 투박하게 일자로 대충 자른 모습인 줄 알았는데, 가만히 보니 얼굴 윤곽을 따라 양끝이 늘어지도록 둥글게 처리한 모습이다. 아직은 어린 고양이라 그런지 바가지 머리가 더 귀엽게 느껴진다.

하지만 정작 본인은 그 머리가 영 마음에 들지 않는 눈치다. "왜 엄마 맘대로 내 머리 잘랐어!" 하고 울상 짓는 아이처럼 억울한 얼굴로 귀를 납작 늘어뜨리고 서글픈 표정을 짓는다. 한쪽 눈이 살짝 짝짝이라 그런지 눈매마저 인상 쓴 것처럼 보인다. 예전에 억울냥을 만났을 때 '세상에서 제일 억울한 눈의 고양이 같네' 하고 생각했는데, 세상의 모든 기록은 깨라고 있는 모양이다.

세상에는 근육질 몸매로 눈길을 사로잡는 사람이 있는가 하면 '국민 약골' 캐릭터로 꾸준한 웃음을 주는 사람도 있다. 특별히 육체적인 매력이 있거나 입심이 좋은 것도 아니지만, 어딘가 부실해 보여도 노력하는 모습에서 인간미가 느껴져서인지 그런 캐릭터도 '가늘고 길게' 사랑받고 있다. 살아가는 법을 배워가는 바가지 머리 길고양이도 그런 국민 약골 캐릭터를 닮았다. 아직 어설픈 그 모습을 응원해주고 싶어진다.

"언제까지나 이 머리로 구석에만 숨어 살 순 없어. 나도 뛰어오르는 거야!"

바가지 머리 고양이가 눈을 빛내며 목표점을 바라본다. 뒷다리에 힘껏 힘을 주고 뛰어오르면서 앞다리는 갈고리처럼 휘어 목표물을 붙잡고 안전하게 착지한다. 비쩍 마른 몸이 안쓰러운 약골이지만 뒷다리 근육은 고양이답게 제법 힘이 있다. 무사히 도약에 성공해 발아래를 내려다보는 고양이의 마음도 그만큼 성장했을 것이다. 바가지 머리에 억울한 눈을 한 이 녀석의 성장사는 어떻게 이어질지 응원하며 지켜보고 싶다.

나무타기의 달인, 노랑아줌마

고양이는 수평운동인 산책보다 나무타기 같은 수직운동을 좋아한다. 노랑아줌마도 예외는 아니었다. 앞발로 노련하게 발톱을 갈다가 갑자기 생각난 듯 그 기세로 솟구쳐 순식간에 2~3미터 높이를 올라간다. 인간이 만든 캣타워와 달리 자연 그대로의 나무에서는 발톱의 힘으로 몸을 지탱해야 하니 오래 매달려 있기 힘들다. 평소에는 털에 파묻혀 잘 보이지 않던 노랑아줌마의 억센 발톱에도 힘이 꽉 들어갔다. 다리 근육도 잔뜩 긴장해 단단하게 힘을 준 모습이 눈에 띈다.

몇 분을 그렇게 매달려 있던 노랑아줌마가 다시 내려올 준비를 한다. 나무는 올라갈 때보다 내려갈 때가 더 어렵다. 높은 곳을 올라갈 때는 잽싸게 움직이던 고양이들도, 내려올 때는 한결 조심스러워한다. 노랑아줌마는 머리를 아래로 향하는 대신 뒷걸음질로 나무를 타고 고개만 아래로 돌려 힐끔힐끔 발밑을 확인하면서 조심스레 발걸음을 옮긴다. 하긴 나 같아도 거꾸로 서서 머리를 땅으로 향하면서 내려오는 일은 무서워서 못할 것 같다. 이 방법이 고양이가 몇 차례 시행착오 끝에 골라낸 가장 안전한 방법일 것이다.

노랑아줌마의 나무타기 시범을 눈여겨보고 자란 새끼고양이들은 혼자서도 나무타기를 곧잘 해냈다. 이제 청소년기에 다다른 억울냥도 노랑아줌마의 날랜 동작을 감탄스런 눈으로 보고 있다가 혼자 실습을 해본다. 뛰어오르기 전에 위를 올려다보며 높이를 가늠하고, 나무에 달라붙을 때는 주저 없이 발톱을 세우고 한달음에 뛰어올라야 하는데 고양이라고 해서 다 쉬운 건 아니다. 미끄러질 거라고 생각하고 겁부터 먹는다면 절대 나무를 탈 수 없다.

　젖 먹던 힘까지 낸 바람에 억울냥도 마침내 나무타기에 성공했다. 단번에 해냈다는 사실이 자기도 놀라운지 눈을 동그랗게 뜨고 "나 잘했어?" 하고 확인하는 듯한 표정을 짓는다. 아무렇지 않은 척해도 내심 무서웠는지 귀를 뒤로 한껏 젖혀서 폼은 별로 안 나지만, 어쨌든 성공은 성공이니까.

황금 마스크를 쓴 통키

　회양목 덤불 속에 새끼들을 숨겨놓고 키우던 노랑아줌마가 웬일로 새끼고양이들을 데리고 나들이를 나왔다. 잔가지 아래 몸을 감춰 잘 안 보이지만, 이제 한줌이 될까 말까 한 삼색 고양이 두 마리다. 얼굴만 보면 노랑이인데 전체 빛깔은 고등어 무늬인 독특한 옷을 입고 있다. 꼭 황금 마스크를 쓴 고등어 무늬 고양이 같다. 코 색깔도 독특해서 분홍 코에 까만 테두리로 장식되어 있다. 나무 뒤에 소심하게 몸을 숨긴 다른 자매는 비슷한 무늬의 삼색 고양이지만, 아직 강한 인상을 주진 않는다. 모습도 제대로 보여주지 않으니 성격도 외모도 어떤지 몰라서 당분간 지켜봐야 할 것 같다.

　첫 만남에서는 내 쪽을 경계하며 나무 뒤로 숨기만 했던 녀석들은 점점 고양이다운 모습을 갖춰갔다. 두 마리 다 나이를 먹으면서 눈동자 색이 갈색으로 자리를 잡아간다. 황금 마스크를 쓴 것 같은 얼굴의 고양이는 아명을 황금으로 부를까 했는데 문득 딱이다 싶은 이름이 생각났다. 만화 주인공 '피구왕 통키'다. 하늘로 치솟은 붉은 머리가 인상적이던 통키처럼 얼굴 전체를 커다란 불꽃 무늬가 덮

고 있어서다. 은은하게 비치는 저녁 햇살을 받으며 식빵 굽는 이 녀석은 천상 통키로 불러야겠다.

그 사이에 제 이름이 다시 정해졌는지도 모르고 통키가 한가롭게 뒷발을 들어 머리를 긁는다. 새끼고양이의 '뒷발 경례'다. 경례는 각이 잡혀야 한다지만 여긴 군대도 아니고 하니 발가락 끝이 좀 굽은 것 정도로 트집 잡을 사람은 없다. 아직은 애교로 봐줄 수 있는 나이니까.

새끼고양이가 자라는 모습을 지켜보면 마치 고배속으로 돌리는 비디오를 보는 것 같다. 처음엔 눈도 못 뜨고 삐약거리던 녀석들이 언제 저렇게 뛰어다닐 만큼 자랐나 싶다. 고양이의 생후 1년을 인간 나이로 환산하면 스무 살 정도라고 한다. 그 이후로는 인간 나이로 1년에 네 살씩 나이를 먹는다. 그러니까 태어난 직후부터 생후 1년까지는 성묘가 나이 먹는 속도의 다섯 배로 급격하게 성장한다는 얘기다. 어린 고양이의 시절이 빨리 지나가듯 느껴지는 건 단순히 기분 탓은 아니다.

이제 몸이 제법 자랐지만 아직은 노랑아줌마 턱에도 미치지 못하는 통키. 저만치 뛰어갔다가도 엄마 그늘로 돌아와 부비부비 몸을 비비며 떠나질 않는다. 노랑아줌마는 그런 통키를 근심 어린 눈으로 쳐다본다. 마음속으로 '아유, 저 녀석이 언제 커서 고양이 구실을 하려나' 하고 생각할까. 새끼고양이 특유의 부산스런 몸놀림으로 통통 뛰어다니던 통키도 노랑아줌마 마음을 알았는지 멀리 가지 않고 차분히 엉덩이를 붙인다.

통통이를 위한 금빛 아치

통키와 함께 태어난 어린 삼색이는 '통'자를 돌림자로 해서 통통이라 불렸다. 한 배에서 태어난 자매지만 통키는 제법 어른스러운데, 통통이는 아직 뭐든 서투른 티가 난다.

허약한 통통이 때문에 노랑아줌마의 표정에도 근심이 어린 듯하다. 통키는 흔들흔들 움직이는 엄마 꼬리를 폴짝폴짝 뛰어넘으며 줄넘기하듯 잘도 노는데, 통통이는 엄마 꼬리 높이도 뛰어넘을 자신이 없는지 내내 망설인다. 그 모습에 애가 탄 노랑아줌마는 뒤를 돌아보며 통통이를 부른다.

"이 정도면 넘을 수 있겠니?"

노랑아줌마가 엉거주춤한 자세로 꼬리를 들어준다. 뛰어넘기 어려우면 그냥 꼬리 아래로 지나가라는 배려다. 어느새 엄마 꼬리로 조그만 금빛 아치가 만들어졌다. 통통이만을 위한 세상에서 단 하나뿐인 기념물이다.

고양이 키스

고양이의 안부 인사는 마오리족의 전통 인사법인 '홍이'와 비슷하다. 홍이는 서로 악수하고 마주보며 코를 두 번 부딪치는 인사법이라 하는데, 두 번이라는 횟수를 지키는 게 중요하다. 코를 세 번 부딪치는 건 청혼을 뜻한다니 인사 횟수도 잘 헤아려가며 하지 않으면 오해를 살 수 있겠다.

인사를 나눌 때마다 서로의 콧김이 섞이는 홍이는 서양식 볼 키스 인사보다 좀 더 적극적으로 상대방과 교감하는 방법이다. 단순히 촉각만이 아닌 후각과 청각이 함께 어우러지는 인사법이니 말이다. 콧김 킁킁 쏘아 보내는 길고양이들의 안부 인사도 마오리족의 인사법과 다르지 않다.

고양이들이 서로 마음을 전하는 방법에는 여러 가지가 있지만, 안부를 묻는 고양이 키스만큼 가슴 졸이는 순간도 없다. 사실 인간의 기준에서 보았을 때나 키스처럼 보이지, 고양이 입장에서는 서로 코를 부비며 냄새를 맡아 안부를 묻는 거겠지만. 그래도 고양이들이 닿을 듯 말 듯 서로 얼굴을 가까이 대는 순간만큼은 왠지 마음이 설레고 두근두근하다. 꼭 내가 그 인사를 받는 듯한 기분이다.

엉덩이 냄새를 맡는 이유

좀 민망하게 보이지만, 고양이는 친밀감을 표현할 때 엉덩이 냄새를 맡곤 한다. 그걸로 서로의 안부를 확인하는 것이다. 경계하는 고양이는 남에게 등 뒤를 내주지 않는다. 그러니 엉덩이 냄새를 맡아도 된다고 허락하는 건 "나와 친하게 지내도 좋아"라는 뜻이다. 보통 짝짓기를 하기 전에 서로 냄새를 맡기도 한다.

노랑아줌마가 기분 좋게 꼬리를 쳐들고 길을 가는데 고동이가 '앗, 엉덩이!' 하며 반갑게 얼굴을 들이민다. 하지만 뒤에 누군가 따라오는지 알 턱이 없던 노랑아줌마는 걸어가던 기세를 누그러뜨리지 않고 털썩 자리에 앉아버렸다. 덕분에 고동이는 꼬리로 얼굴을 세차게 한 대 얻어맞고 말았다.

고양이 꼬리에 맞아본 사람은 안다. 가느다란 꼬리가 하늘하늘 움직이는 것 같아 보여도 꽤나 힘이 세다는 걸. 덩치가 비슷한 고양이들끼리는 그 타격이 좀 더 크게 느껴질 것이 분명하다. 한데 꼬리가 회초리처럼 이마를 후려쳤어도 굴하지 않고 꿋꿋이 얼굴을 들이대며 냄새를 맡으려는 걸 보니 고동이는 노랑아줌마를 많이 좋아하는 모양이다.

허름해도 고마운 천막집

화단 고양이들이 종종 숨어드는 천막이 바람에 날려 요란한 소리를 내며 펄럭인다. 바람이 부는 걸 보니 이제 완연한 가을이다. 사람들이 긴팔 옷을 꺼내 입기 시작할 때쯤 길고양이도 겨울을 준비한다. 촘촘하게 자란 겨울 솜털이 바람막이에 조금 도움이 되긴 하지만, 부쩍 차가워진 바람은 털 사이로 사정없이 비집고 들어와 소스라치게 만든다. 이런 날이면 허술한 천막집도 고맙게만 느껴진다. 고양이들이 여름에 햇빛과 비 가리개로 활용하던 천막이 겨울이면 화단에 몰아치는 매서운 바람을 막아주는 곳으로 변신한다.

천막 안쪽으로는 1인용 침대만큼 큰 스티로폼 덩어리가 하나 숨겨져 있다. 화단 옆 가건물에서 쓰다 버린 것인지, 아니면 길고양이를 위해 누군가 가져다놓은 것인지 모르지만 어느 날부터인가 스티로폼은 그곳에 있었다. 노란 본드 자국이 묻은 걸로 보아 한때 어느 집에선가 단열재로 쓰던 스티로폼인 듯하다. 인간이 무심코 버린 폐자재도 길고양이에게는 겨울나기에 요긴한 단열재로 쓰인다. 머지않아 추위가 닥치겠지만 이 자리를 지키는 한, 발이 시릴 일은 없다.

엄마를 믿으니까.

수줍음 많던 새끼고양이 통키가 오늘은 웬일인지 성큼성큼 거침없이 다가온다. 뭔가 하고 싶은 말이라도 있는가 싶어 통키의 눈을 가만히 들여다본다.

"훗, 나도 이제 다 컸다고. 인간 따윈 무섭지 않아!"

내 눈을 피하지 않고 은근히 여유 넘치는 표정을 지어 보이는 걸 보니, 뭔가 믿는 구석이 있는 듯하다. 고양이가 내 쪽을 그윽하게 응시할 때는 눈길을 외면하기 힘들다. 그냥 가만히 바라봐줄 수밖에. 사람과 고양이가 나란히 엎드려 마주보며 대화를 나누는 풍경을 멀리서 본다면 아무래도 이상해 보이겠지만.

"엄마! 아직 안 갔죠? 옆에 있죠?"

나와 마주보는 시간이 길어지자 통키의 눈빛이 조금 흔들리더니 시멘트 턱 위에 있는 엄마 쪽을 향한다. 통키가 겁을 상실한 이유는 역시 엄마 덕분이었다. 통통한 엄마 꼬리는 힘센 아저씨의 밧줄 같아서, 적이 나타나면 그 꼬리로 바닥을 탕탕 치고 위협하면서 자기를 지켜줄 것 같다. 어린 통키에게는 엄마 꼬리가 공룡 꼬리처럼 든든하게 느껴졌을 것이다. 그래서 마음 놓고 내게 고함을 쳤던 것이리라.

때론 그림자처럼 뒤를 따르고, 때론 자기보다 큰 상대와도 싸워 자기를 지켜주는 엄마. 통키에겐 그런 엄마가 참 고마운 존재다.

한동안 배가 무거웠던 카오스 대장도 노랑아줌마와 비슷한 무렵 새끼를 낳았다. 고동색 망토를 두른 '망토', 이마에 은행잎 무늬를 새긴 '은행이', 미니 노랑이 '미노'였다. 카오스 대장의 새끼고양이 망토도 비슷한 행동을 보인다. 웬일인지 눈이 마주쳐도 달아나지 않고 가만히 내 쪽을 보는 모습이 어쩐지 이상하다 했더니, 망토가 당당했던 데는 역시 이유가 있었다. 바로 등 뒤의 어둠 속에 카오스 대장이 지켜주고 있었던 게다. 몸을 숙여 포복 자세로 주위를 경계하지만, 믿는 구석이 있으니 자연스레 편안한 식빵 자세가 나온다.

"아무리 알고 지낸 사이라도 내 새끼 건드리면 가만두지 않을 테야!"

카오스 대장의 매서운 눈빛이 나에게 엄포를 놓는 듯하다. 든든한 엄마의 엄호에 신이 나는 새끼 길고양이 망토다.

엄마쟁이 망토의 2단 공격

카오스 대장이 기지개를 켜느라 몸을 쭉 뻗는 사이에 망토의 장난기가 발동했는지, 방심한 엄마 얼굴을 향해 입 냄새 공격을 한다. 고약한 입 냄새에 엄마가 멈칫한 사이, 이때라는 듯 망토가 입을 있는 힘껏 벌리고 포효하는 호랑이 표정을 짓는다. 기지개를 켜다 말고 우뚝 선 카오스 대장의 얼굴에도 황당한 표정이 역력하다.

망토는 그 기세를 몰아 2단 공격에 들어간다. 엄마 얼굴에 정면으로 박치기를 해버린 거다. 그래놓고 "헤헤, 나 잘했죠?" 하는 얼굴로 기대에 차서 엄마를 바라본다.

고양이들이 보들보들한 털로 덮인 이마로 박치기하는 것은 서로가 살아 있음을 확인하는 애정 표현에 가깝다. 한껏 기분이 들뜬 망토 얼굴을 보니 갑작스레 '입 냄새+박치기' 2단 공격을 당한 카오스 대장도 마냥 당혹스럽지만은 않을 것 같다. 꿋꿋이 박치기를 받아주는 엄마의 얼굴에서, 험한 세상에서도 건강하게 자라준 새끼를 향한 대견함이 느껴진다.

이제 청소년에서 서서히 어른 고양이의 모습을 갖춰가는 망토. 하지만 아직 카오스 대장의 키에는 조금 못 미친다. 꼬리 끝으로 앞다리를 곱게 감싸고 뭔가 궁리를 하는 눈치더니, 갑자기 깜짝 놀랄 만한 변신을 보여준다. 온 몸을 고무처럼 쭈욱 늘이니 키가 2센티미터는 더 늘어난 것이다. '에잇, 나도 이만큼 커질 수 있어' 하고 용을 쓰는 것 같아 귀엽기도 하고 얼굴에 힘준 모습이 익살스럽기도 하다. 그렇게 빨리 어른이 되고 싶을까. 아직 어리광 부리며 엄마쟁이 노릇할 때가 더 좋을 텐데 말이다.

낮은 포복을 배우는 고양이들

이제 어엿한 청소년이 된 짝짝이가 새끼고양이 통키와 한 조를 이뤄 낮은 포복을 연습하고 있다. 그런데 어쩐지 둘 사이에 불편한 공기가 흐른다. 뭔가 마음 맞지 않는 부분이 있는 모양이다.

"아니, 큰길은 놔두고 왜 불편한 길로 가요? 우리가 왜 이런 훈련을 해야 되냐고요."

통키는 도무지 이해할 수 없다는 표정이다. 잔뜩 찌푸린 얼굴에도 짜증이 가득한 것만 같다. 놀고 싶어서 억울한 통키의 눈썹이 더욱 새치름하게 처진다. 짝짝이가 타이르듯 통키를 설득하며 덤불 속으로 왔다 갔다 시범을 보인다.

"나는 너보다 더 따끔따끔한데도 참고 있다고. 우리가 낮은 포복을 연습하는 이유를 정말 모르겠니? 어른들이 사람들 눈에 띄지 않고 자유롭게 움직일 수 있는 건 덤불 아래로 다니는 법을 배웠기 때문이야. 지금은 너도 몸이 작아 아무 문제없이 다닐 수 있지만, 어른이 되어서야 낮은 포복을 배운다면 어디 제대로 할 수 있겠어?"

그제야 통키도 몸을 낮추고 적극적으로 낮은 포복 자세를 연습한다.

"낮은 포복 말고도 나무덤불과 하나가 되는 은신술까지 배워야 진정한 화단 고양이지."

듬직하게 시범을 보이는 짝짝이의 표정이 의연하다. 어린 통키에게는 제법 그럴듯한 스승이지만, 그래도 불쑥 솟구친 꼬리를 덤불 아래로 숨기는 건 깜빡한 모양이다. 그러나 그건 짝짝이의 탓으로 돌릴 것만도 아니다. 짝짝이에게 낮은 포복과 은신술을 가르쳤던 어른들도 종종 꼬리 감추기를 잊고 그냥 다니곤 했으니까.

이 회양목 덤불 속에서 여러 길고양이들이 태어나고 성장하고 사라져갔다. 사람의 눈을 피해 덤불 사이로 몸을 낮추고 조심스레 걷던 고양이들, 꼬리는 감출 수 없어서 빼꼼 내민 그 모습. 나무 사이로 숨바꼭질하듯 얼굴만 내밀던 모습이 무심히 지나치는 사람의 눈에는 그저 신기하고 귀엽게 보였겠으나, 길고양이 입장에선 조금이라도 안전하게 살아남기 위한 방편이었을 뿐이다.

눈빛 호신술의 의미

몇 년 동안 같은 동네를 다니다 보면 길고양이도 나도 서로에게 익숙해진다. 나와 마주쳐도 처음에만 망설일 뿐, 해코지하지 않는다는 걸 알면 내가 있거나 말거나 개의치 않고 식빵을 굽거나 낮잠을 잔다.

하지만 자주 만나는 길고양이들 중에서도 회색냥은 조금 달랐다. 은신처에 들렀을 때 다른 고양이들이 어슬렁거리며 마중 나와도, 회색냥은 어딘가에 숨어 있다가 내가 갈 때가 되어서야 슬며시 나타났다. 누군가의 시선이 느껴져 뒤를 돌아보면, 3미터쯤 떨어진 곳에서 조심스러운 눈으로 바라보는 회색냥과 눈이 마주치곤 했다. 녀석이 나에 대해 마음의 안정을 느끼는 거리는 3미터 이상이라는 걸 그때 알았다.

회색냥은 어지간해서는 나를 똑바로 바라보는 법이 없었다. 얼굴은 살짝 숙이고 눈동자만 슬그머니 추어올린 반달눈으로 힐끔 올려다보는 정도였다. 모르는 사람이 보면 "저놈의 고양이가 나를 노려보네!" 하고 흥분할지도 모르겠다. 하지만 고양이의 눈이 흘겨보듯 위를 향하는 건 인간이 제 눈높이보다 훨씬 높은 곳에

우뚝 서 있기 때문이다. 스스로 자신을 지켜야 하는 길고양이에게 세상은 온통 위협적으로 보일 테니까.

그런 고양이의 눈빛이 무섭거나 마음에 들지 않는 사람도 분명 있을 것이다. 하지만 길고양이의 눈빛 호신술은 자신을 지키기 위한 최소한의 방어수단이다. 고양이의 날카로운 눈빛이 무섭게 느껴질 수는 있지만, 가만히 있는 사람을 고양이가 먼저 공격하는 일은 없다. 사람이 제풀에 놀라 고양이를 공격하거나 혹은 근처에 있는 새끼를 위협하는 일만 없다면 말이다. 고양이와 눈이 마주쳤을 때 관심 없는 척 지나가주면 고양이도 안심하고 제 갈 길을 갈 뿐이다.

고동이가 마음을 의지하는 곳

　노랑아줌마 혼자 단풍 깔린 길을 걷는다. 호젓하다고 좋아하기엔 왠지 마음이 쓸쓸해지는 겨울이라, 인기척이 느껴질 때마다 노랑아줌마의 눈길도 누가 따라오진 않는지 확인하느라 등 뒤를 향한다. 이럴 때면 낙엽을 바삭바삭 밟으며 걷는 동안 함께 수다를 떨어줄 친구가 필요해진다.

　헛헛한 노랑아줌마의 마음을 눈치 챘다는 듯 카오스 대장이 슬며시 다가선다. 여름에 만났을 때와는 달리 카오스 대장과 노랑아줌마의 얼굴에도 살집이 도톰하게 붙어 보인다. 겨울을 따뜻하게 나도록 속털이 촘촘하게 자란 탓이다.

　"쑥스럽게 얼굴은 왜 이렇게 들이밀고 그래."

　"아유, 우리 사이에 내외할 거 있수? 얼굴 봤는데 냄새는 맡아야지."

　지청구를 주던 노랑아줌마가 못 이기는 척 얼굴을 내민다. 두 마리 고양이는 그렇게 서로의 냄새를 맡으며 다정히 걸어간다. 둘 다 아줌마니까 호젓한 낙엽 길을 함께 걷더라도 수상한 소문이 날 일은 없을 것이다. 화단 고양이들 사이에 끈끈한 동지애가 있으니 단풍 쌓인 길도 쓸쓸하지만은 않겠다. 혼자 길을 걸을 때 뒤에서

우다다 달려와 아는 척해줄 단짝이 있으니까.

노랑아줌마의 단짝이 되고 싶은 고양이는 카오스 대장 밀고도 또 있있다. 어느 새 어른이 다 된 고동이도 노랑아줌마의 뒤를 쫄래쫄래 따라다닌다. 유난히 춥고 눈이 많았던 첫 번째 겨울을 견뎌낸 고동이는 당당한 화단 고양이 일족으로 자리를 잡았다. 가끔은 앞발질을 하지만 그건 도발이 아니라 좋아하는 마음의 표현이라는 걸 노랑아줌마는 알고 있다.

나도 모르는 사이에 훌쩍 어른이 되어버렸을 때, 마음은 아직 아이 같은데 주변에서는 모두 어른다운 책임감을 요구하기만 할 때, 마음 기댈 곳이 있다는 건 고양이에게도 든든한 일이다. 비록 몸집은 고동이가 더 커졌지만, 고동이에게 노랑 아줌마는 그런 존재다. 단풍잎 깔린 땅에 소복소복 눈이 쌓이고 그 눈이 녹아 다시 파릇한 새싹이 날 때까지 고동이가 건강하기를, 무사히 두 번째 봄도 맞이할 수 있기를.

한쪽 발을 지팡이 삼은 보름이

화단 고양이 일족 중에는 한쪽 눈이 보이지 않는 길고양이가 있다. 하얗게 변한 오른쪽 눈이 보름달을 닮아 '보름이'라 부르는 수컷 고양이다. 보름이는 붙임성 좋은 화단 고양이들과 달리 소심해서 인기척만 나면 숨곤 했다. 한쪽 눈이 보이지 않는 상황에서 적응하기 위한 생존 본능인지도 모른다. 그런 보름이를 외나무다리 위에서 딱 마주친 것이다.

평소 외나무다리라는 별명으로 부르는 시설물은 원래 공사에 쓰던 쇠파이프 같은데, 은신처 옆 가건물 옆에 세워놓은 것을 고양이들이 사다리 삼아 오르내리고 있다. 길이가 제법 되는지라 고양이들이 쇠파이프 위로 걸어가는 모습을 보면 외나무다리를 건너는 것 같다. 보통 그 위에서 눈이 마주치면 여느 길고양이들은 잽싸게 몸을 180도 돌려 반대편으로 도도도도 달아난다. 고양이다운 균형감각으로 마치 평지인 것처럼 거리낌 없이 내달린다.

그러나 보름이는 조심스레 한쪽 앞발로 기둥을 짚고 천천히 뒷걸음질을 치며 이동한다. 한쪽 눈이 보이지 않기에 균형을 잡기가 조심스럽다. 고양이보다 더 굼

뜬 내가 외나무다리 반대편으로 갔을 때까지도 보름이는 그렇게 천천히 후진하는 중이었다. 그러다 인기척을 느끼고 뒤를 돌아 나를 흘깃 보더니, 화들짝 놀라 다시 그 자세로 반대편을 향해 슬금슬금 되돌아간다. 여전히 한쪽 발은 벽을 더듬더듬 짚으며 다른 한쪽 발은 외나무다리에 얹은 채다.

멀어지는 보름이의 뒷모습을 보니 어쩐지 나이 든 할아버지 고양이가 지팡이에 의지해 앞길을 걷는 것 같다. 가만히 두어도 알아서 잘 살아갈 것만 같은 녀석들이 있는가 하면, 보름이처럼 외나무다리 걷듯 위태로운 삶을 살아가는 녀석들도 있다. 시간이 지나도 마음에 오래 남는 것은, 그렇게 고단한 삶을 이겨내고 꿋꿋하게 하루하루를 버티는 고양이의 얼굴이다.

연하남 고동이의 사랑

노랑아줌마가 봄이 되어 유독 살이 붙나 싶더니, 날로 묵직해지는 배로 산달이 머지않았음을 알려준다. 고단한 살림살이에 또 새끼들이 태어날 걸 생각하니 축하보다 나도 모르게 걱정이 앞서는 것은 어쩔 수 없다. 영양식이라도 따로 더 챙겨주려 캔을 따는데, 고동이가 노랑아줌마 곁으로 달려들어 앞발 장난을 건다.

"이 녀석, 임산부에게 웬 장난질이야?" 하고 한마디 하려다가 '아차' 싶다. 예전부터 노랑아줌마를 줄곧 따르던 고동이. 어릴 때부터 성장 과정을 쭉 지켜보아왔기에 어린 고양이로만 봤지 남자라는 생각이 들지 않았는데, 어쩌면 고동이는 노랑아줌마를 여자로 대했던 게 아니었을까 싶다.

노랑아줌마의 불룩해진 배를 보고, 언제나 노랑아줌마 곁을 맴도는 고동이를 보니 노랑아줌마의 배 속에 자라는 새끼들의 아빠가 고동이는 아닌지 의구심이 생긴다. 그동안 노랑아줌마의 엉덩이 냄새를 줄곧 맡으며 따라다닌 것도, 자꾸 장난을 걸던 것도 그저 어린아이다운 장난기가 아니라 연하남의 관심과 애정이었는지도 모르겠다는 생각이 불현듯 드는 것이다.

임신 중이라 몸도 무겁고 짜증도 쉽게 날 법한데, 노랑아줌마는 고동이의 접근도 너그럽게 받아줄 뿐 아니라 은근한 애교까지 보여준다. 노랑아줌마의 새끼들 얼굴이 더더욱 궁금해지는 요즘이다.

이제 출산일이 얼마 남지 않았는지 노랑아줌마의 누운 뒤태만으로도 불룩한 배를 느낄 수 있다. 나를 예의 주시하는 고동이의 긴장한 표정을 보니 혹시라도 아줌마에게 해가 갈까 지키고 싶은 모양이다.

고동이가 덤불 밖으로 나와 있다가 가만히 앉아 웅숭깊은 눈으로 나를 바라본다. 몸을 낮추고 고동이와 묵묵히 시선을 주고받으면서 마음속으로 이런저런 이야기를 건넨다. 잘 자라주어서 고맙다고, 새로 태어날 고양이들의 아빠라서 그렇게 살갑게 구는지, 아니면 노랑아줌마를 향한 연심 때문인지는 모르겠지만 어쨌든 노랑아줌마를 잘 지켜달라고.

윤기가 자르르 도는 고등어 무늬 망토에 뾰족 솟은 삼각형 귀가 매력이던 고동이는 그동안 무슨 일을 겪었는지 한쪽 귀 끝이 이지러져 짝귀가 되었다. 수많은 고등어 무늬 고양이 중에서 고동이를 구별할 수 있는 또 하나의 표식이 생긴 셈이지만, 한편으로는 마음이 짠하다.

고양이 임산부 요가 교실

유독 서로 의지하던 노랑아줌마와 카오스 대장은 임신도 비슷한 시기에 해버렸다. 카오스 대장은 아직 배가 덜 불러오른 것을 보면 노랑아줌마가 먼저 해산을 할 듯하다. 두 고양이가 나란히 앉아 임산부 요가를 한다. 고양이 입장에서는 털을 고르는 것일 뿐이지만, 난해한 자세 때문에 사람 눈에는 고난이도의 요가를 하는 것처럼 보인다. 실제로 몸 이쪽저쪽을 열심히 핥아 그루밍을 하는 동안 스트레칭이 되니 요가 효과도 있을 법하다.

"자기는 힘들지 않아?"

노랑아줌마가 카오스 대장 쪽을 힐끗 본다. 하지만 대답 없는 카오스 대장. 아직까지 힘들지 않은 표정이다. 노랑아줌마 표정이 샐쭉해진다.

'아직 너끈한가 보네.'

두 고양이는 동작을 딱딱 맞춰가며 임산부 요가에 여념이 없다.

"에구구, 나는 그만해야겠다. 배가 땡겨서."

체력이 부족한 노랑아줌마가 먼저 포기하고 일어선다.

노장은 살아 있다.

    지붕 고양이 일족인 보름이가 오래간만에 얼굴을 드러냈다. 오른쪽 눈이 보이지 않아 매사에 조심스러운 보름이는 자주 만날 수 없다. 먼발치에서나마 살아 있는 모습을 보면 운 좋은 날이다.

    한쪽 눈이 불편한 것으로도 모자라 한쪽 귀도 힘을 잃었는지, 보름이의 귀 한쪽은 늘 처져 있다. 하지만 아직 잘 보이는 다른 쪽 눈을 들어 먼 곳을 바라볼 때의 보름이는 당당한 모습을 잃지 않는다. 꼿꼿한 자세로 어딘가를 응시하는 까만 눈동자에 자신이 살고 있는 세상이 비친다. 그렇게 보름이는 한여름의 도시 풍경을 온 눈으로 빨아들이고 있다.

    가까이 다가가면 보름이가 경계할까 싶어 망원렌즈로 들여다보니 코끝에 맑은 콧물 방울이 이슬처럼 대롱대롱 매달려 있다. 코감기에 걸린 모양이다. 앞발로라도 쓱 닦아버리면 시원할 텐데, 보름이는 콧물이 매달려 있거나 말거나 개의치 않는 얼굴이다. 태어날 때부터 콧물과 함께 살아왔다는 표정으로 무덤덤하게 쉬고 있다. 급기야 콧물을 대롱대롱 매단 채 얕은 잠에 빠져든다.

180도 목 돌리기 신공

지붕 고양이 일족 중 하나가 식빵 자세로 몸을 둥글게 웅크리고 멍하니 앉아 있다. 눈앞에 특별히 움직이는 대상이 없는 것을 보면 뭔가 관찰하기보다는 가만히 앉아 허공을 보는 모습이다. 그런데 인기척이 나자 몸은 그대로인 채 목만 180도쯤 돌려 뒤로 휙 돌아본다. 일명 '부엉이 자세'다. 고양이를 보면 가끔 몸과 목이 따로 노는 것처럼 보일 때가 있다. 사람이라면 불가능할 이런 자세도 몸이 유연한 고양이는 아무렇지 않게 해낸다. 저런 모습을 발견할 때면 농담 삼아 '부엉 고양이'라고 부른다. 실제로 수리부엉이는 얼굴이 고양이와 닮아 묘두응(猫頭鷹)이라고도 한단다.

생각해보면 고양이가 저렇게 몸을 자유자재로 움직일 수 있는 건 먼 옛날 고양이 조상들이 부단한 연습으로 단련해온 덕이 아닐까. 처음부터 타고난 체조 선수가 없는 것처럼, 고양이도 매일같이 몸을 반으로 접고 다리를 찢는 동작을 반복하면서 한계를 차차 극복해나갔을지 모른다. 앞발이 닿지 않는 등이나 옆구리까지 깔끔하게 그루밍을 하기 위해선 목을 자유자재로 움직일 수 있어야 할 것이다.

언제나 함께

　노랑아줌마와 카오스 대장, 두 마리 길고양이 사이에 정적이 흐른다. 바로 곁에 있으면서도 다른 곳을 바라보는 모습이 약간은 서먹해 보이기도 하고, 마치 사소한 일로 싸우고 토라져 외면한 모습 같기도 하다. '이 다음에는 어떻게 될까' 하는 긴장감이 느껴져 호기심 어린 마음으로 다음 장면을 기다려본다.

　묘한 정적을 견딜 수 없었던지 노랑아줌마 쪽이 먼저 화해의 박치기를 시도해 온다. 좋아하는 상대에게 제 얼굴을 가볍게 부딪치는 것이 고양이 박치기다. 두 고양이 사이에 감돌던 서먹한 거리감이 박치기 한 번으로 사라진다.

　"아니, 고양이 화해하는 거 처음 보나?"

　샐쭉한 표정으로 나를 흘깃 보는 노랑아줌마, 그리고 먼 산을 보며 딴청 피우는 카오스 대장. 어느새 약속이나 한 듯이 서로 몸을 기대고 같은 곳을 바라보는 두 고양이를 보고 있으면 마음이 평화로워진다.

　두 고양이는 화단 고양이의 초기 멤버로 늘 함께해왔다. 카오스 대장이든, 노랑아줌마든 내게는 화단의 상징처럼 묵직하게 남아 있었다. 어느 한 녀석이라도 만나지 못하고 돌아가는 날은 왠지 마음이 편치 않았다. 나도 모르는 사이에 카오스 대장과 노랑아줌마가 마음 깊이 들어와 자리를 잡은 모양이다.

　두 아줌마 고양이들이 이곳에 머무는 다른 고양이들에게도 언제나 듬직한 산 같은 존재로 있어주기를. 털이 푸석푸석해지고 움직임이 굼뜬 할머니가 될 때까지 이곳의 평화가 지켜질 수 있기를 빈다.

변화는 서서히

2002년 시작된 화단 고양이들과의 인연이 만 10년째로 접어든다. 10년 전만 해도 부모님이 고양이를 달가워하시지 않던 때라 고양이와 사는 건 꿈도 꾸지 못하고, 대신 언제든 찾아가면 만날 수 있는 화단 고양이들의 은신처에서 아쉬움을 달랬다. 회양목과 사철나무 울타리로 둘러싸인 화단 속에서 30분이고 한 시간이고 앉아 있다가 고양이를 보고 돌아오는 게 그 무렵의 낙이었다. 화단은 그네들의 집이었지만 동시에 내게도 지친 마음을 쉬어가는 은신처였다. 처음 화단 고양이들과 눈이 맞았을 때는 그들이 나를 보고 달아나지 않는 것만으로도 마음 설렜다. 생각해보면 처음에는 길고양이가 처한 현실이 어떤 건지도 모르고 그저 '고양이가 좋다'는 마음만으로 그들에게 다가갔던 것 같다.

혼자서만 고양이를 좋아하던 내게 변화가 찾아온 건 '도시 속 길고양이, 3년간의 기록'이란 글을 다음넷 블로거뉴스(현 다음뷰)로 송고하면서부터였다. 길고양이를 향한 세상의 낯선 시선이 마음 아파 올린 그 글은 37만 건의 조회수를 기록했고 다양한 댓글이 달렸다. 사람들은 저마다의 이유로 길고양이를 좋아하거나 증오하는 마음을 댓글에 적어두고 사라졌다. 길고양이 이야기를 담은 글과 사진이 누군가에

게 어떤 울림으로 다가갈 수 있다는 걸 그때 알았다.

10년이 흐른 지금, 길고양이로 인해 내 삶은 놀라울 만큼 달라졌다. 영역 동물인 고양이처럼 낯선 사람이나 장소를 꺼렸던 내가, 고양이와 관련된 일이라면 먼저 수소문해 찾아가게 됐다. 다양한 환경의 길고양이를 만나고 싶고, 길고양이의 현실에 한 발 더 다가서고 싶은 마음이 나를 세상 밖으로 이끌어낸 것이다.

그 과정에서 길고양이들에게 매일 밥을 주는 '캣맘'이 있고, 길고양이 중성화 수술로 개체 수를 늘지 않게 하면서 이웃들과 갈등을 줄여나가려 애쓰는 분들이 있다는 것도 알게 됐다. 길고양이가 인간 때문에 겪는 고난을 보고 들으면서, 단지 친해지고 싶은 마음만으로 길고양이에게 무작정 다가가기보다 안전거리를 지켜주는 배려가 필요하다는 사실도 깨달았다. 모두 길고양이를 돌보는 분들에게서 배운 것들이다.

지난 10년간 깨닫지 못하는 사이에 우리가 사는 세상도 서서히 변해왔다. 애묘인이 아닌 사람에게는 낯설던 길고양이라는 단어가 어느 정도 보편화되고, 길고양이를 중심으로 활동하는 민간 동물보호 단체도 생겨났다. 개별적으로 활동하던 캣맘들이 풀뿌리 모임을 결성해 서로 힘이 되어주기도 한다. 길고양이를 마음으로 받아들인 사람들 사이에서 자연스럽게 일어난 변화다.

화단 고양이들의 사진을 예전 것부터 다시 한 번 넘겨본다. 초창기엔 소나무 몇 그루만 듬성듬성 서 있던 화단은 회양목 군락지가 조성되어 푸른 바다처럼 변했다. 지금 화단을 지나치는 사람들은 옛 모습을 기억하지 않고 원래부터 그랬던 것처럼 여길 것이다. 길고양이를 둘러싼 변화도 마찬가지다. 체감할 수 없을 만큼 느리게 찾아오지만, 오랜 시간 일상 속에 스며들며 차곡차곡 다져온 변화인 만큼 쉽게 흔들리지는 않을 것이다. 그 느린 변화의 힘을 믿는다.

길고양이 밥, 어떻게 줄까?

대부분 길고양이에게 우연히 먹을 것을 챙겨주다가 이런저런 고민이 시작된다. 고양이에게 밥을 주기로 마음먹었다면, 매일 줄 수 있는지 혹은 가끔 줄 수 있는지 스스로 판단해야 한다. 밥을 주면서 일어날 수 있는 갈등에 대해서도 마음의 준비가 필요하다. 밥 줄 때의 요령과 갈등 대처법 등을 정리해본다.

밥 주는 시간과 장소는 어떻게 할까

날마다 밥을 준다면 일몰 이후가 좋다. 밤이 야행성 동물인 길고양이의 활동 시간이자 사람들 눈을 피할 수 있는 시간대이기 때문이다. 밥 주는 자리도 가급적 사람 눈에 띄지 않게 한다. 비가 들이치지 않게 합판으로 그늘을 만들어주면 주변 시선도 가려주니 좋다. 지붕 등 높은 곳에 사는 길고양이는 사료를 신문지에 살짝 싸서 위로 던져주면 스스로 헤쳐 먹는다. 한곳에만 놓지 않고 나눠주면 약한 고양이도 안심하고 밥을 먹을 수 있다.

밥 양은 어느 정도가 좋을까

보통 고양이 한 마리당 하루 급여량은 종이 컵 1컵에 사료를 가득 채운 정도다. 그러나 고양이의 연령대와 성별, 마릿수에 따라 적정량이 달라질 수 있다. 일단 급식 자리에 모이는 고양이가 몇 마리인지 먼저 파악해두자. 밥은 너무 모자라거나 남지 않도록 한다. 너무 적으면 고양이들끼리 다투거나 약한 개체가 굶을 수 있고, 반대로 남으면 사람들 눈에 띌 우려가 있다. 남은 사료 때문에 파리가 꾀거나 길이 지저분해진다고 싫어하는 이웃도 있으므로 주의하자. 겨울철에는 여름철보다 사료 양을 조금 더 늘린다.

길고양이 안전을 위한 밥그릇

번듯한 그릇에 밥을 주고 싶은 마음은 이해하지만 밥그릇은 눈에 띄지 않을수록 좋다. 건사료라면 깨끗한 종이나 큰 돌, 나무 그루터기 등 흙이 없는 곳에 줘도 괜찮다. 주변에 사기그릇을 완벽하게 가릴 엄폐물이 있다면 써도 괜찮지만, 그렇지 않으면 두부 용기나 스티로폼 접시처럼 눈에 잘 띄지 않는 것을 쓴다. 밥을 준 뒤 재활용기는 가급적 수거한다. 그릇을 치우지 않으면 고양이를 싫어하는 사람들에게 민원이 들어올 수 있다.

먹이를 손에 들고 먹이지 말자

경계심 많은 길고양이의 습성을 모르고 손으로 먹이를 주거나, 약 올리다 "길고양이에게 공격당했다"며 화를 내는 사람을 가끔 본다. 하지만 고양이 입장에서는 눈앞의 음식을 안전한 곳에서 먹으려 채어 갔을 뿐이다. 밥 주는 방식이 잘못되었다고 생각하기보다 할퀸 것만 괘씸하게 여긴다면 '길고양이는 공격적인 동물'이라는 오해만 퍼진다. 진정 고양이에게 도움이 되고 싶다면 먹이를 바닥에 두고 자리를 비켜주자.

밥과 물을 함께 챙기자

길고양이는 물을 자주 먹기 힘들므로 수분 부족으로 각종 병을 앓기 쉽다. 사료와 함께 물을 챙겨주는 것이 중요하다. 한겨울에는 따끈한 물을 주고, 물에 설탕을 약간 섞거나 1킬로그램짜리 딸기 스티로폼 상자 안에 물그릇을 두면 어는 속도를 늦출 수 있다.

곧 이사하지만 밥을 주고 싶다면

집 앞에서 밥을 주다 이사하게 되었을 때 새로 입주한 사람이 고양이를 싫어한다면, 길고양이가 해코지를 당할 수도 있다. 단기간이나마 밥을 꼭 주고 싶다면, 길고양이가 '우연한 습득'으로 여길 수 있게 해야 한다. 집과 떨어진 곳에 장소를 바꿔가며 불규칙하게 놓는 방법도 있다. 한곳에서만 주면 고양이가 거기서 밥을 기다리게 된다.

한 장소에 밥 주는 사람이 여럿일 때

서로 마음이 맞는다면 순번제로 밥을 줄 수도 있고 힘들 때 의지도 된다. 다만 밥 주는 시간대가 겹쳐 밥이 남거나, 길고양이를 대하는 생각이 다르다면 갈등이 생긴다. 예컨대 길고양이를 길들이려는 사람과 길고양이에게 안전거리를 지켜주려는 사람이 한곳에 밥을 주면 충돌이 생길 수 있다. 사료를 주는 사람과 잔반을 주는 사람 사이의 갈등도 마찬가지다. 잔반은 염분이 많아 고양이가 오래 섭취하면 좋지 않다. 고양이를 위하는 마음은 서로 같은 만큼, 밥 주는 방법 등에 대해 생각을 충분히 나누며 갈등을 줄여나가는 게 좋다.

밥 주기를 반대하는 이웃과 다툰다면

내가 고양이를 좋아해도 이웃은 고양이를 싫어할 수 있다는 걸 고려해야 한다. 이웃과 다툼이 커지면 그 여파는 길고양이에게 고스란히 미치므로 더욱 조심스럽게 대해야 한다. 흥분해서 싸울 것 같거나, 긴장해서 아무 말도 못할 것 같다면 평소 길고양이 전단지를 준비했다가 설명하는 것도 도움이 된다. 제대로 된 밥을 먹게 되면 고양이가 쓰레기봉투를 뜯지 않는다는 걸 설명하고, 급식 장소를 깨끗이 관리하겠다고 설득하는 것도 방법이다. 만약 다툼이 지속될 경우 고양이의 안전이 우려되므로 급식 장소를 안전한 곳으로 옮겨야 한다.

밥만 먹이면 그만? 구충도 해주자

길고양이가 건강한 생활을 유지할 수 있도록 3개월마다 한 번씩 구충을 해주면 좋다. 알약형 구충제도 있지만 가루형이 좀 더 먹이기 편하다. 맛이나 향이 없는 흰 가루형 종합 구충제인 '파나쿠어(Panacur)'산(散)이 좋다. 회충, 십이지장충, 편충, 촌충을 구충할 수 있으며, 체중 1킬로그램당 0.5그램씩 더해 급여하면 된다. 만약 4킬로그램 정도 되는 고양이라면 2그램을 간식 캔에 섞어 먹이는 방식이다.

호흡기 질환에는 엘라이신 급여를

한뎃잠을 자는 길고양이는 환절기 호흡기 질환에 걸리기 쉽다. 이럴 때 임시방편이지만 엘라이신(L-Lysine)을 습식 간식류에 섞어 먹이면 허피스 바이러스의 활동을 억제하고 면역력을 높여준다. 특별한 향이나 쓴맛이 없어 고양이도 거부감 없이 먹는다. 아이허브닷컴(kr.iherb.com) 같은 영양제 사이트에서도 살 수 있다. 보통 많이 구매하는 재로우(Jarrow) 사의 500밀리그램 제품은 1회에 반 캡슐에서 한 캡슐 정도 먹인다. 알약보다 캡슐이 밥에 섞어 먹이기 쉽다. 단, 엘라이신은 보조제일뿐 치료약이 아니므로 상태가 심하게 안 좋은 경우 수의사의 도움을 받아야 한다.

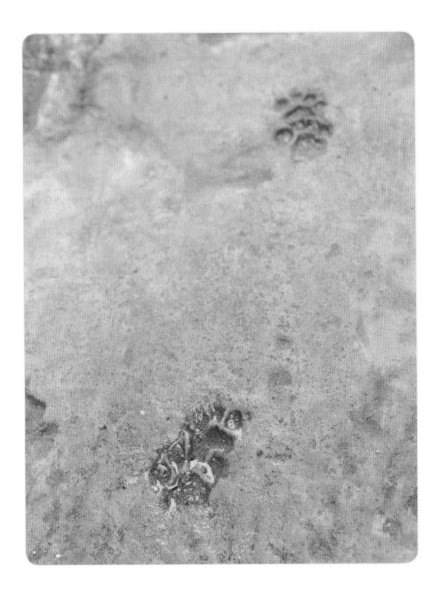

2

개미마을, 고양이 동네

고양이 동네 이야기.

오래된 동네에는 길고양이가 숨어들 빈틈이 많다. 길고 고단한 시간을 견뎌낸 것들의 힘이 골목의 주름 사이에 스며 있다. 수없이 여닫아 페인트가 벗겨진 대문, 드문드문 이 빠진 기와지붕, 모서리가 닳아 둥글게 변한 낡은 계단은 그 동네의 나이를 말해준다. 언제든 찾아가면 고양이를 만날 수 있고, 녀석들 얼굴에도 여유가 보이는 곳은 '고양이 동네'로 점찍어두고 종종 들렀다.

서울의 오래된 동네 대부분은 재개발을 거치면서 옛 모습이 사라졌지만 홍제동 개미마을에는 수십 년 전 골목 풍경이 남아 있다. 2006년까지 이 일대가 개발제한구역으로 묶여 있었던 탓이다. 한국전쟁이 끝나고 집을 잃은 사람들이 하나둘 인왕산 자락에 천막집을 지으면서 만들어졌다는 개미마을은 한때 '인디언촌'으로 불렸다. 천막집들이 다닥다닥 들어선 모습이 서부영화 속 인디언 부락 같다 해서 붙은 이름이지만, 정작 마을 사람들은 그 이름을 마뜩잖게 여겼다. 그래서 '개미처럼 바지런히 살아가는 사람들이 사는 곳'이란 뜻으로 개미마을이라 부르기 시작한 것이 오늘날까지 굳어졌다고 한다.

2008년 12월 제1종 일반주거지역으로 바뀌기 전까지 개미마을은 줄곧 자연녹지지역이었다. 그러다 보니 마을 곳곳에는 수십 년 된 무허가 건물이 많았다. 건축 제한은 풀렸지만 고도 제한으로 공동주택을 세우더라도 4층까지만 지을 수 있고, 소유권이 복잡하게 얽혀 있어 마을의 재개발은 더뎠다. 게다가 저렴한 집세만 보고 이곳에 세 들어 살던 사람들에게는 재개발이 그리 반가운 소식이 아니었다. 개발 논리 속에서 영세 세입자의 거주권은 지키기 어렵기 때문이다. 오래된 집이 헐리고 번듯한 건물이 들어설 때 밀려나는 건 대개 사회적 약자 쪽이다.

형편이 넉넉잖은 세입자에게나 길고양이에게 재개발은 생존이 걸린 문제다. 특히 세상의 약자 중에서도 맨 뒷줄에 서 있는 길고양이 역시 재개발 여파에서 자유로울 수 없다. 마을 전체가 헐리고 공터가 되면 먹을 것을 구하기 힘들어져 다른 영역을 찾아나서야 하는데, 자기 영역을 지키는 것이 곧 생존의 전제조건인 고양이가 터전을 옮기는 건 쉽지 않은 문제다.

2007년 초 개미마을 고양이를 사진에 담기 시작했을 때만 해도 대부분의 재개발 지구가 그렇듯, 곧 마을이 해체되고 재건축이 시작되면서 길고양이도 뿔뿔이 흩어질 거라 여겼다. 그전까지는 이곳에 고양이들이 살았던 흔적을 사진에 남겨두고 싶었다. 하지만 마을의 미래를 좌지우지할 재개발은 아직도 현재진행형이고,

길고양이들의 운명도 아직 명확하게 정해진 것이 없다. 여기에다 2009년 9월 금호건설에서 주관한 벽화거리 만들기 운동인 '빛그린 어울림 마을' 프로젝트가 시행되면서 개미마을에도 변화의 전기가 찾아왔다. 알록달록한 벽화가 그려지기 시작하자 담벼락에 커다랗게 적혀 있던 재개발 찬반 구호가 지워졌고 관광객이 늘기 시작했다. 벽화 덕분에 마을 분위기가 한결 부드러워졌다는 의견도 있지만, 딱히 수익사업으로 이어지는 것도 아니면서 외지인들이 몰려 마을만 번잡스럽게 됐다며 거부감을 갖는 주민들도 있는 상황이다.

2012년 8월 개미마을이 서울시 주거환경관리사업 예정지로 발표된 만큼, 당장 노후건물을 철거하고 새 건물을 짓는 식의 재개발이 진행되지는 않을 것 같다. 주거환경관리사업의 기본 취지가 "공공기관이 정비 기반 시설을 부담하되, 주민이 직접 자기 집을 보수해 거주하면서 마을을 유지해나가는 방식"이기 때문이다. 개미마을의 경우 재개발 계획이 확정되기 전까지는 주거환경관리사업을 병행해가면서 한동안 지금처럼 벽화마을로 존재할 듯하다. 남은 시간 동안 마을이 어떤 모습으로 변해갈지 알 수 없지만, 기록할 수 있을 때까지 이곳의 길고양이 이야기를 차근차근 담아보려 한다.

고양이가 눈물 흘리는 이유

눈물 흘리는 길고양이를 보면, 사람처럼 슬퍼서 흘리는 눈물이 아니란 걸 알면서도 내심 마음이 편치 않다. 개미마을 산등성이 풀숲에 웅크리고 눈물 흘리는 고양이를 만났을 때도 그랬다. 지친 얼굴로 고개를 푹 숙이고 볕을 쬐던 고양이의 등은 힘겨운 듯 굽었고, 눈물이 흘러 조그만 골이 생긴 눈동자 아래로는 미처 앞발로 닦아내지 못한 진득한 눈곱이 붙어 있었다. 사람의 눈물도 고였다가 말라붙으면 고름처럼 노르스름한 눈곱이 되듯이, 고양이도 마찬가지다. 마음이 곪으면 눈물이 나듯, 멎지 않는 눈물은 길고양이에게 마음의 고름 같은 것인지도 모른다.

고양이 눈에 눈물이 줄줄 흐르거나 눈곱이 심하게 낀 상태라면 결막염에 걸렸을 가능성이 높다. 쉬지 않고 눈물이 나오면서 눈이 붓고, 아픈 쪽 눈을 뜨기 힘들어 실눈을 뜨는 것이 고양이 결막염의 주요 증상 중 하나다. 결막염은 전염성 질환이라 같은 영역 내에서 무리지어 사는 고양이들이 돌아가며 앓을 위험도 있다고 한다.

결막염은 쉽게 걸리기도 하지만 다른 질병에 비하면 비교적 쉽게 낫는 편이다.

길고양이 중에는 영역 다툼 중에 각막이 날카로운 발톱에 긁혀 실명한 경우도 있다. 길고양이로 산다는 건 그만큼 위험을 감수해야 하는 일이다. 고양이의 눈물이 사람처럼 감정을 표현하는 건 아니지만, 몸의 이상으로 눈물이 난 만큼 보는 사람의 마음도 덩달아 짠해진다.

길고양이의 친구가 되려는 마음은 결국 작고 약한 것들의 편이 되고 싶은 마음이고, 말이 아닌 울음으로 아픔을 표현하는 이들을 이해해보려는 마음이다. 세상에는 예쁘고 귀여운 길고양이도 있지만, 길에서 만나는 고양이들 중에는 아프고 힘든 녀석들이 더 많다. 세상 사람들이 귀여운 길고양이를 볼 때만큼 아프고 힘든 길고양이에게도 두루 눈길을 주었으면 하는 바람이다. 고양이의 묵묵한 눈물에 눈길을 주고 귀를 기울이다 보면, 그들이 우리에게 무엇을 말하고 싶어하는지 느껴질 것이다.

반달이의 반달눈

　　개미마을 고양이를 만나러 갈 때면 마을버스 종점에서 내려 아래로 걸어가면서 길고양이를 찾기 시작한다. 마을 입구에서 비탈길을 거슬러 올라가는 것보다 그편이 훨씬 쉽다. 가파른 계단과 좁은 비탈길을 오르내리며 몇 차례 땀을 빼고 나면 어느새 고양이 골목의 지도가 머릿속에 그려진다. 그러나 고양이들이 보금자리로 삼은 집들이 재개발로 헐리고 나면 이미 머릿속에 담았던 지도도 다시 그려가야 할 것이다.

　　구불구불 이어지는 좁은 계단을 따라 올라가다가 인기척이 느껴져 고개를 돌리니, 기와지붕 너머로 얼굴만 빼꼼 내밀고 이쪽을 살피는 검은 고양이가 눈에 띈다. 경계를 풀지 않고 귀를 쫑긋 세운 모습이 작은 소리도 놓치지 않으려는 기세다. 언제부터 거기 있었는지도 모르게 나타나는 바람에 깜짝 놀랐다. 하지만 소리 없이 나타나고, 좁은 틈새도 마술처럼 통과하고, 높은 곳에서 발을 헛디뎌도 안전하게 착지하는 고양이를 기이하게 여기는 건 인간의 기준으로만 그들을 보기 때문이다. 사실 고양이와 인간이 마주쳤을 때 더 놀라는 건 겁 많은 고양이들이다. '검

은 고양이는 불길한 존재'라는 오래된 편견까지 더해졌다면 저 녀석도 그동안 살기가 고단했겠구나 싶다.

검은 고양이와 한참을 마주보고 있노라니 그쪽도 내가 신경이 쓰였는지 바로 옆 지붕으로 자리를 옮긴다. 지붕 위로 얼굴만 내밀고 이쪽을 염탐할 때는 올블랙 고양이인 줄로만 알았는데, 자세히 보니 턱시도 무늬의 털옷이다.

고양이가 옮겨 간 낡은 기와지붕 쪽은 이미 붉은 페인트가 군데군데 벗겨져 분홍색으로 빛바랜 상태였다. 그 곁에 새로 올린 선홍색 지붕도 언젠가 분홍색으로 색이 바래겠지 했는데, 결국 그런 날은 오지 못했다. 집이 자연스럽게 낡아가는 속도보다 헐리는 속도가 더 빨랐던 탓이다.

이후로도 먼발치에서 그 녀석과 마주치곤 했다. 마을에 빈집이 많은 것처럼 보여도 먼저 그 집에 깃들어 살던 길고양이가 있었을 테니 새 영역을 개척하기란 쉽지 않았을 것이다. 달라진 환경에 적응하느라 지친 탓인지 녀석의 눈동자는 반달처럼 이지러져 있기 일쑤였다. 언젠가부터 반달눈을 뜨고 있는 시간이 늘어난 턱

시도 고양이를 반달이라 부르고 있었다.

늘 거리를 유지하던 반달이를 오랜만에 가까이서 찍을 기회가 있었다. 트럭을 엄폐물로 삼고 숨어 있는 길고양이의 찹쌀떡 앞발이 언뜻 보이기에, 처음엔 누군지도 모른 채 조심스레 다가갔다. 혹시 눈이 마주치면 달아날까 싶어 카메라만 슬며시 트럭 아래로 디밀어 셔터를 눌렀다. 찍고 나서 카메라를 확인해보니 반달이었다.

반가운 마음에 납작 엎드리다시피 땅바닥에 얼굴을 갖다 대고 트럭 아래를 들여다본다. 내 마음을 알지 못하는 반달이는 으슥한 그늘 한가운데로 자리를 옮긴다. 밤의 장막이 몸을 숨겨줄 때까지 트럭 밑 안전한 곳에서 기다릴 모양이다. 보름달처럼 동그랗던 눈동자가 이지러진 반달로 변하기까지 반달이는 얼마나 고된 하루하루를 견뎌왔을까. 팍팍한 삶은 길고양이 눈매에도 고스란히 드러난다.

남자는 볼따구니

"저놈의 도둑고양이, 뭘 저렇게 많이 훔쳐 먹어서 살이 쪘누."

"잘 먹어서 살찐 게 아니라 신장이 망가져서 몸이 부은 거라고요!"

통통한 길고양이를 놓고 이런 언쟁이 오가는 모습을 가끔 본다. 한데 고양이가 신부전 진단을 받을 만큼 신장이 망가졌다면 식욕이 떨어지고 음식을 먹기 힘들어 급격한 체중 감소를 보이는 경우가 대부분이다. 신부전 말기에 이르면 부종이 나타날 수 있다고는 하지만, 그렇다고 통통한 길고양이를 모두 신부전 말기 환자로 일반화해버리면 곤란하다.

특히 수고양이들 중에 볼살과 턱살이 유독 통통해 보이는 녀석들이 있는데, 이는 세간에 퍼진 속설처럼 신장병 때문이기보다는 대개 남성호르몬이 영향을 미친 탓이다. 수고양이가 성적으로 성숙해지면 왕성한 남성호르몬의 영향으로 턱 아래와 볼따구니가 점점 두툼해지기 때문이다. 동네 왕초 노릇을 하는 수고양이일수록 후덕함이 예사롭지 않아서 마치 산적 두목처럼 보이기도 한다. 흔히 '남자는 근육'이라지만, 고양이 세계에서 '남자는 볼따구니'인 셈이다.

만약 암고양이가 외모를 기준으로 수컷을 선택한다면 다른 무엇보다 볼따구니를 먼저 볼지도 모른다. 남성호르몬이 흘러넘쳐 볼따구니가 퉁퉁한 수고양이와 짝짓기를 한다면 건강한 새끼고양이를 낳을 확률도 높아질 테니까. 사람이라면 배우자의 키가 큰지 작은지, 머리숱이 적은지 많은지 등을 꼼꼼히 따지겠지만 종족 번식을 최우선으로 여기는 고양이에게 그런 점들은 중요한 기준이 아니다.

산적 두목을 닮은 덥수룩한 볼 때문에 '두목냥'이라고 이름 붙인 고양이도 불룩한 볼따구니로 남성미를 자랑하던 녀석이다. 녀석이 처음부터 두목냥의 면모를 갖춘 것은 아니다. 볼따구니가 하도 위풍당당해서 1년 전에 찍은 사진과 비교해본 적이 있는데, 그때도 얼굴이 찐빵처럼 동그랗기는 했지만 '동글동글하게도 생겼네' 하고 귀여워할 만큼이었지 이 정도는 아니었다. 그런데 지금 다시 보는 두목냥의 얼굴은 볼따구니와 턱살이 퉁퉁하다 못해 타원형으로 양쪽이 늘어져 있다. 살아남은 시간만큼 연륜이 쌓여 왕초 고양이가 된 것이다.

여느 고양이와 달리 위엄이 넘치는 두목냥은 귀 끝이 유독 너덜너덜했다. 수많은 고양이들의 발톱 공격을 받아내며 생긴 영광의 상처다. "내가 둥글둥글해 보여도 만만한 고양이가 아니야" 하고 으름장 놓듯 눈을 부릅뜨기도 하지만, 때로는 인자한 눈빛으로 인간 세상을 내려다보는 두목냥. 코밑 얼룩무늬 때문에 콧수염 기른 아저씨처럼 보여도 가까이 다가가보면 그늘진 눈두덩 아래 초록색 눈망울이 천진해서 마음이 간다.

아무 일도 일어나지 않을 것처럼 고요한 오후, 두목냥은 지붕 위로 올라가 개미마을을 가로지르는 길고 긴 비탈길을 내려다본다. 슬레이트 지붕 끝에 몸을 누이고 꼼짝 않는 두목냥의 모습이 꼭 오래전 액운을 떨치기 위해 처마 끝에 놓였던 어처구니 같다. 고양이 기척과 냄새만 풍겨도 쥐는 함부로 얼씬대지 못하는 법이니, 오래된 집을 지키는 데는 고양이 수문장이 적격이었을 것이다. 아무도 그 공을 알아주지 않지만 두목냥은 묵묵히 오래된 마을을 지키고 있다.

폐가를 지키는 두목냥

마을이 곧 재개발된다는 이야기를 들었지만 시간이 흘러도 대대적인 철거 공사가 시작될 기미는 보이지 않았다. 몇몇 집에서 산발적으로 낡은 건물을 허물거나 공터에 소규모 가건물을 짓는 정도였다. 마을이 있던 자리를 인왕산 자연공원으로 조성하되 주민들에게 이주보상금을 지원해달라는 이주대책추진위 측과, 낙후된 건물을 허물고 새로 공동주거타운을 만들겠다는 공동지역주택조합추진위 측의 입장은 평행선을 달렸다. 마을 담벼락에는 양측의 주장이 대자보를 대신해 페인트 글씨로 어지럽게 적혀 있었다.

서로 다른 두 단체의 주장은 담벼락에 적힌 글씨 색깔로 구분할 수 있었다. 이른바 '이주파'는 흰 바탕에 새빨간 페인트로 "개미마을 사람들은 돈 많이 드는 난개발 반대" "인왕산 자연공원을 위해 이주/ 개미마을 주민을 위해 이주/ 구청장님 빨리 해줘요 이주" 등의 구호를 적어 넣었다. 반면 '재개발파'는 노란 바탕에 검은 글씨로 "친환경 생태주거타운/실개천이 흐르는 마을 조성" "개미마을이 친환경 황금마을로" 등의 구호를 내세웠다. 재개발이 지지부진해진 동안 빈집들은 잡초가 우거진

폐가가 되어갔다. 두목냥은 그렇게 버려진 집 중 한 곳에 몰래 들어가 살았다.

그 집은 누가 봐도 빈집인 걸 알 수 있을 만큼 낡아 허물어져가고 있었다. 을씨년스러워 누군가 찾아올 일도 없었다. 덕분에 고양이 입장에서는 안심할 수 있는 은신처가 생긴 셈이다. 두목냥은 빈집으로 향하는 좁은 계단 맨 위층에 앉아 가을볕을 쬐며 쉬곤 했다. 사람이 살지 못하는 폐가도 길고양이에게는 아쉬운 대로 바람을 피할 쉼터가 된다.

좁은 계단을 오르며 빈집에 다가가니 두목냥이 슬그머니 집 안으로 숨는다. 귀찮은 일이 생기기 전에 자리를 피하자는 심산이다. 제집처럼 능숙하게 드나드는 모습으로 보아 주인 잃은 집은 당분간 두목냥의 은신처로 쓰일 모양이다. 녀석을 따라 빈집에 가까이 다가가본다. 오래된 나무 문이 있던 자리를 경계로 공기 냄새가 달라진다. 나달거리는 벽지에서 스며 나온 곰팡이 냄새가 코끝을 톡 찌른다. 버려진 지 오래된 집은 대문도 방문도 떨어져 나가 집 안팎의 구분이 모호해진 상태였다.

이 집에 살던 사람은 고장 난 세탁기며 그릇 같은 살림살이들을 그대로 두고 떠났다. 옛집에서의 기억을 담은 물건들을 다 버리고 홀가분한 마음으로 시작하고 싶었는지, 아니면 새로 이사한 집에 옛집의 물건들이 다 들어갈 자리가 없어 버리고 떠났는지 모를 일이다.

　내가 뒤따라온 것을 보고 잠시 머뭇거리던 두목냥은 다시 어둠 속으로 몸을 숨긴다. 부서져가는 집이 언제 허물어질지 모르고, 아무도 없는 어둠 속에서 스산한 기운이 풍겨 나와 더 이상 따라가지 못한다. 하지만 어둠도, 빈집의 공포도 고양이의 발걸음을 멈추게 하지 못한다. 매서운 겨울을 무사히 견디고 살아남으려면 지붕과 벽이 있는 잠자리를 구해야만 한다. 을씨년스러운 폐가라도 길고양이 입장에서는 선택의 여지가 없다.

엄마는 힘이 세다.

계단을 오르다 숨이 차올라 잠시 호흡을 가다듬다가, 내가 있는 줄도 모르고 이쪽으로 뛰어오는 새끼고양이와 딱 마주쳤다. 고양이는 순간 멈칫하더니 내게서 살짝 비켜나 옆길로 몸을 날린다. 가느다란 꼬리가 한껏 부풀어 통통해진 걸로 보아 어지간히 겁이 난 모양이다. 고양이는 겁을 먹으면 상대방보다 몸집이 커 보이게 하려고 너구리 꼬리처럼 털을 부풀리는 습성이 있다. "난 이렇게 큰 고양이야. 그러니 날 건드리지 마!" 하는 경고인 셈이다. 그래봤자 아직 어린 고양이라서 털을 부풀려도 덩치는 그리 커 보이지 않지만.

"엄마, 엄마!"

새끼고양이가 잽싸게 내달리며 엄마를 찾는다. 마침 어미 고양이는 가까운 배추 텃밭 그늘에 몸을 숨긴 채 쉬고 있었다. 엄마를 발견한 새끼가 품에 뛰어들며 얼굴을 묻는다. 낯선 사람이 여전히 근처에서 맴돌고 있지만 이제 엄마 옆에 있으니 무서울 게 없다.

"그래, 우리 애를 겁준 인간이 너냐?"

　어미 고양이가 매서운 눈길로 나를 올려다본다. 엄마라기엔 아직 작고 여린 모습이지만, 인간을 보면 달아나기 급급한 길고양이도 새끼 앞에 서면 용기가 솟아난다. 덕분에 자기도 따라서 용기백배한 어린 고양이는 잠시 엄마 품에 숨어 있다가 약 올리듯 내 코앞까지 다가온다. 언제 자기가 겁먹은 적 있느냐는 듯 시치미를 뚝 떼면서.

　이윽고 완전히 마음을 놓은 새끼고양이가 엄마 품에 얼굴을 묻고 젖을 찾아 입에 문다. 칭얼대는 젖먹이에게 공갈젖꼭지를 물려주면 차분해지는 것처럼, 새끼고양이도 젖을 물리자마자 곧 안정을 찾았다. 무아지경에 빠져 뒷다리에 잔뜩 힘을 주고 젖을 빠는 모습이 아직 어린애구나 싶다. 엄마에 대한 사랑, 신뢰, 의존……. 여러 가지 감정이 담긴 새끼고양이의 몸짓에 뭉클해진다. 고양이의 말을 알아들을 수는 없어도 그들의 감정을 이해할 수 있는 순간이 온다. 소중한 감정은 말이 아닌 몸짓으로도 전해지는 법이다. 까불까불하기를 좋아하는 새끼는 촐랑이, 노란 카오스 무늬가 있는 엄마는 '누를 황'에 '어지러울 란' 자를 써서 황란이라고 이

름 붙여주었다.

　아까 전속력으로 달아나느라 힘 빼고, 조금 남은 힘으로 엄마 젖까지 먹느라 노곤해진 탓일까. 기진맥진한 새끼고양이가 엄마 등을 베개 삼아 턱을 기대고 풋잠에 빠진다. 등을 내준 어미의 앞발을 보면 자식에 대한 배려를 알 수 있다. 새끼고양이가 턱을 기댄 쪽은 편하게 몸을 기댈 수 있도록 반 식빵 자세로 몸을 낮추었지만, 반대쪽 발은 여차하면 지체 없이 일어나 새끼를 지키려는 자세를 취하고 있다. 사람이 무서운 건 녀석도 마찬가지겠지만 두려움을 숨기고 맞장 뜨는 건, 자기가 강해야만 새끼를 지킬 수 있기 때문이다. 세상의 모든 엄마는 힘이 세다.

꼬리로 전하는 사랑

　사람들의 눈이 뜸한 지붕 위에서 망중한을 즐기는 길고양이 모녀의 모습이 한가롭다. 엄마가 마냥 좋기만 한 촐랑이는 종종 꼬리를 한껏 세우고 황란이에게 얼굴을 비비며 애정 표현을 한다. 자꾸만 머리를 들이대는 촐랑이 때문에 엄마 얼굴이 눌려 한쪽 눈이 살짝 찡그려졌지만 너그럽게 받아주는 걸 보면 싫진 않은 기색이다.

　잠시 엄마가 한눈을 판 사이 촐랑이는 호기심을 감추지 못하고 다른 곳으로 눈을 돌린다. 심심해 죽겠다는 얼굴로 또 뭔가 일을 벌이려는 것이다.

　'아니, 저 녀석이? 어딜 갈 때면 엄마랑 꼭 같이 가야 한다고 그렇게 말했건만.'

　혼자 놀러 나갈 준비를 하는 촐랑이를 보는 어미 고양이의 눈빛이 걱정으로 가득하다. 혹시 한눈을 파는 사이 지붕에서 발을 헛디디기라도 하면, 높이가 2미터도 넘는 축대 아래로 떨어질지도 모르니 걱정이다.

　결국 황란이는 "에구, 좀 쉬려고 했더니 할 수 없네" 하는 표정으로 일어서더니 꼬리를 세우며 앞장선다. 꼬리를 깃대 삼아 새끼를 안전한 길로 인도하는 것이다.

신이 난 촐랑이도 한들한들 움직이는 엄마 꼬리를 쫓아 종종걸음을 친다. 앞장서는 엄마와 그 곁에 찰싹 다가서는 새끼고양이의 모습은 누가 봐도 다정한 가족의 모습이다.

엄마가 아기를 차도 반대편 안전한 안쪽 길로 데리고 가듯, 어미 고양이도 새끼를 벼랑 반대편 벽 쪽으로 바짝 붙여 걷게 한다. 하지만 촐랑이는 아직 엄마의 몸짓에 담긴 사랑을 알 길이 없다. 언젠가 부모가 되고 나서 새끼고양이와 함께 걸을 때, 자기도 모르게 안쪽 길로 새끼를 밀며 가다가 문득 떠올릴지도 모르지. '언젠가 본 듯한 풍경인데' 하고 말이다.

"엄마, 세상에서 제일 좋은 우리 엄마."

까불까불 걸어가던 촐랑이가 꼬리를 살포시 엄마에게 부딪치며 장난을 건다.

"그래, 알았으니까 속 좀 그만 썩여라, 응?"

엄마도 그윽한 표정으로 새끼의 장난을 받아준다. 그 뒷모습을 지켜보는 내 눈에는 어린 고양이의 꼬리가 손처럼 보였다. 엄마 손잡고 걸어가고 싶은데, 자기에겐 꼬리밖에 없으니 그걸로라도 엄마에게 닿고 싶은 마음. 고양이 모녀는 그렇게 꼬리로 사랑을 나누며 타박타박 걸음을 옮긴다.

암벽 타는 길고양이

개미마을은 경사진 인왕산 자락을 따라 집과 집이 층층이 들어앉은 형세를 이루고 있다. 암반 지대가 고스란히 남아 있는 땅까지도 알뜰살뜰 집을 짓다 보니 마을을 가로지르는 비탈길 중턱에도 커다란 암벽이 눈에 띈다.

무심히 암벽 타는 길고양이를 처음 만난 건 감나무집 앞에서였다. 가을이면 탐스러운 감이 제법 열리는 아담한 감나무가 대문 위로 삐죽 가지를 내밀고 있어서 그런 별명을 붙인 곳이었는데, 그 집에 드나들던 젖소 무늬 고양이와 눈이 딱 마주친 것이다.

어느 방향으로 달아날까 싶었는데 녀석은 뜻밖에도 가파른 암벽을 향해 몸을 돌린다. 인간이 닦아놓은 길은 달아나기에는 편하지만 쉽게 따라잡힐 우려가 있다. 가기 쉬워도 위험 요소가 많은 길보다, 차라리 인간이 따라오지 못할 험한 길을 택한 것이다.

사진에 다 담기지 않았지만 암벽은 고양이 키의 몇 배에 달하는 높이였다. 발밑을 내려다보면 어지럽고 무서울까 싶은지 고양이는 가야 할 방향만 똑바로 응시하

211

며 한 걸음씩 발걸음을 옮긴다. 발 디딜 자리나 제대로 있을까 싶은데 앞발에 꾹 꾹 힘을 주며 용케 이동할 지점을 찾아낸다. 조마조마한 마음으로 바라보기를 몇 분이 지났을까, 다행히 고양이는 무사히 암벽 타기를 끝내고 평탄한 계단 쪽으로 내려섰다. 한쪽 눈이 불편한지 눈물이 고여 있는 고양이였다.

그 뒤로 암벽 근처에서 길고양이를 만나면 어떻게 행동하는지 지켜봤다. 예외 도 있었지만 고양이들은 나와 마주치면 십중팔구 암벽이 있는 쪽으로 달아났다. 그쪽은 인간이 따라올 수 없는 길이라는 것을 경험으로 알기에 안전한 대피 경로 로 생각하는 모양이다.

암벽 타는 고양이들 중에서는 백비가 특별히 기억에 남는다. 보통 고양이 콧잔 등에 얼룩 무늬가 있는 경우는 하얀 얼굴에 코팩을 붙인 듯 까만 얼룩이 있는 게 보통인데, 백비는 특이하게도 얼굴이 까맣고 콧잔등이 하얀 녀석이었다. 담벼락 에 앉아 있던 백비가 통 하고 아래로 뛰어내리더니 암벽을 향해 잽싸게 몸을 날린 다. 산을 탈 때는 올라갈 때보다 내려갈 때 더 조심해야 한다지만, 뛰어내리는 고 양이 발걸음에는 거침이 없다. 뒷발의 푹신한 육구(肉球)가 등산화 못지않게 요긴 한 보호 도구가 되어준다.

사람을 피해 달아나는 도중에 한껏 여유를 부리는 녀석도 있다. 암벽 아래 공 터에 배를 드러낸 채 뒹굴뒹굴 한가로운 시간을 보내던 고등어 무늬 고양이는 나 와 눈이 마주치자 벌떡 일어나는가 싶더니, 암벽 쪽으로 슬금슬금 옮겨 간다. 그 렇게 도망가던 도중에 앞으로 삐죽 자란 나뭇가지를 발견하자 잠시 발을 멈춘다. 가지가 가늘면서도 탄력이 있어 좋았던지 황홀경에 빠져 턱을 긁는다.

한참 동안이나 시원함을 즐기던 고양이는 '아, 지금 달아나던 길이었지' 하고 퍼 뜩 깨달았는지 토끼처럼 폴짝폴짝 뛰어 다시 달아난다. 제 키의 몇 배나 되는 암 벽을 등반 장비 하나 없이 잘도 오르는 고양이 앞에서는 나도 닭 쫓던 개 신세가 될 수밖에 없다.

고양이의 텃밭 전망대

　개미마을에는 텃밭을 가꾸는 집이 많다. 집 앞에 공터가 있는 사람들은 꽤 규모 있는 텃밭을 일구고, 그만한 땅이 없는 집에서는 대문 앞이나 길가에 스티로폼 상자를 내놓고 채소나 꽃을 기른다. 서울 도심에서 이렇게 텃밭 농사를 지을 수 있는 땅이 남아 있는 곳이 얼마나 될까 싶다. 요즘에는 베란다 텃밭이니 체험농장이니 해서 도시민들이 직접 소규모로 농사를 짓는 일이 유행처럼 번지고 있지만, 오래된 마을에서는 집 근처에 텃밭을 가꾸는 일이 예전부터 자연스러운 일상이었다.

　마을 곳곳에 자리한 텃밭의 혜택을 보는 건 마을 주민뿐만이 아니다. 마당 앞에 가꾼 텃밭은 길고양이에게 요긴한 은신처가 된다. 비바람을 피할 지붕은 없지만 풍성하게 자란 배춧잎 아래 몸을 숨기면 사람들 눈에도 잘 띄지 않고, 혹시 들키더라도 텃밭 가장자리로 달아나면 그만이니 걱정이 없다. 텃밭 쪽으로 자꾸만 눈길이 가는 건 그런 이유에서다.

　텃밭 가득히 자란 배추가 탐스러워 눈길을 주다가, 담장에 오도카니 앉은 길고양이와 눈이 마주쳤다. 배춧값이 널뛰기를 하는 시절이라 길고양이 손이라도 빌

려 배추밭을 지키고 있는 걸까. 그러나 고양이는 텃밭엔 별 관심이 없는 듯 내가 다가가도 심드렁하게 앉아 있을 뿐이다. 고양이 곁으로 슬며시 다가가 담장 아래를 내려다보니 축대 높이가 아찔할 만큼 높다. 아마 이 동네에서 가장 높은 자리에 위치한 천연 캣타워 중 하나일 것이다. 개미마을에는 집고양이가 쓰는 것과는 비교할 수 없는 거대한 규모의 캣타워가 사방에 널려 있다.

고양이가 지키고 앉은 담장 너머로 서울 풍경이 한눈에 내려다보인다. 오래된 단독주택부터 올망졸망 모인 연립주택, 대단지 아파트까지 크기도 다르고 집값도 천차만별인 집들이 좁은 땅에 다닥다닥 꽂혀 있다. 이렇게 많은 집 중에서 마음 편히 쉴 수 있는 나만의 집이 한 곳도 없다고 생각하면 고양이도 한숨이 날까. 하지만 아무에게도 방해받지 않고 홀로 높은 곳에 올라앉아 여유를 즐기는 고양이에게는 이 마을 전체가 자기 집이나 다름없다.

절벽 고양이 삼형제

산자락을 놀이터 삼아 노는 고양이들과 마주칠 때마다 이곳이 산동네라는 사실을 새삼 실감하게 된다. 절반은 집고양이, 절반은 산고양이 생활을 하는 개미마을 고양이 중 일부는 한낮에는 산기슭에 숨어 있다가 느지막한 오후가 되면 먹을 것을 구하러 인가 가까이 내려온다.

마음속 길고양이 레이더를 켜고 사방을 돌아보며 걷는데, 지붕 너머 절벽 쪽 덩굴식물 아래에 꼬물거리는 고양이가 눈에 들어온다. 덩치로 보아 6개월령 전후의 고양이다. 고등어 무늬의 어린 고양이는 화들짝 놀라 얼어붙어 있다가 내가 가까이 다가갈 기색을 보이자 얼른 달아났다. 고양이가 사라진 궤적을 쫓아 지붕 너머 덤불 속으로 시선을 돌리니 그늘 속에 한 녀석이 더 숨어 있다. 똑같은 고등어 무늬 옷을 입은 어미 고양이가 나를 유인하려는 듯 큰길 쪽으로 쌩하니 앞질러 가는 걸로 보아, 어미가 데리고 나온 새끼들인 모양이다.

새끼고양이는 감정을 잘 숨길 줄 모른다. 놀랄 때도 어른 고양이보다 더 화들짝 놀라고, 동공은 접었던 부채를 확 펼친 것처럼 순식간에 까매진다. 더 많은 것

을 눈에 담기 위해 몸은 그렇게 즉각 반응한다. 용수철처럼 펄쩍 뛰어 뒤로 물러나는 녀석들도 있다. 나와 마주친 지 시간도 꽤 흘렀고 호기심에 다가올 법도 하건만, 조심성 많은 녀석들은 멀찍이 서서 안전거리를 유지한다. 뒤에 있는 녀석일수록 더 경계심이 강한지 내게서 한시도 눈길을 떼지 않는다.

두 녀석을 찍는 동안 갑자기 제3의 어린 고양이가 나타나 지붕 위로 열심히 기어 올라간다. 처마 밑에 자리를 잡고 앉아 나를 빤히 지켜보는 모습을 보니 셋 중 가장 용감한 녀석이 대표로 나선 듯했다. "네가 한번 가까이 가서 봐" 하고 다른 형제들이 떠밀기라도 했을까. 아무렇지 않은 표정을 짓고 있지만 고양이의 작은 심장은 쿵쿵 큰 소리를 내며 뛰고 있을 것이다.

세 마리가 다 고등어 무늬 고양이라 내 눈에는 분신술을 쓰는 것처럼 닮아 보이지만, 어미는 누가 누군지 단번에 구분하겠지. 잠깐 마주친 손님의 눈과 매일 보는 가족의 눈은 그렇게 다를 수밖에 없을 테니까.

황란이의 아찔한 공중 점프

영역 순찰을 마친 황란이가 담장 위에 올라 볕을 쬐며 휴식을 취한다. 앞발을 뻗으면 잡힐 듯이 코앞으로 다가온 봄을 기다리는지. 이미 흐드러지게 핀 봄꽃이 고양이 등 뒤에 있다. 고양이의 코를 벌름거리게 만들던 노란 들꽃도 곧 지고 말 것이다. 시린 겨울과 끈적끈적한 여름 사이, 잠깐 머물다 사라질 뽀송뽀송한 봄기운이 아쉽기만 하다. 황란이는 오래간만에 만끽하는 짧은 봄볕을 둥그런 등짝 위로 기분 좋게 받으며 가만히 앉아 있다. 봄기운이 사방에 가득한 날, 고양이도 마음이 들떠 높은 곳에 오른다.

이제 쉴 만큼 쉬었다 싶은지 황란이는 건너편 지붕 너머로 눈길을 던진다. 담벼락에서 1미터 정도 떨어진 지붕 위를 목표점으로 삼아 점프할 준비를 한다. 언뜻 보기에도 거리가 만만치 않은데 잘해낼 수 있을까. 담벼락 높이를 보니 고양이 키의 일고여덟 배는 됨직하고 발밑에는 덩치 큰 개까지 웅크리고 있어서, 자칫 발을 헛디뎌 떨어지기라도 하면 '고양이 망신'으로 그칠 게 아니라 크게 다칠 수 있는 상황이었다.

단 한 번의 도약으로 성공해야 하는 상황. 쉽지 않은 도전이지만 황란이의 표정에는 흔들림이 없다. 얼마만큼의 힘으로 뛰어올라야 안전하게 착지할 수 있을지 신중하게 거리를 가늠해본다. 뛰어오르기 직전 발가락을 갈고리처럼 담장에 걸더니 담장을 박차고 허공에 몸을 띄운다. 뒷발 근육에 불끈 힘이 실리고, 몸빼바지처럼 늘어졌던 뒷다리 살도 팽팽해진다. 아줌마 고양이 특유의 뱃살이 두둑하니 묵직하지만 황란이는 건너편 지붕 위로 날렵하게 착지했다. 도약하는 그 순간만큼은 중력도, 세상의 매서운 눈길도 고양이의 몸을 아래로 끌어내리지 못한다.

공중 점프에 성공한 황란이가 보무도 당당하게 지붕 위를 걷는다. 무대 위를 걷는 모델처럼 자신감 있는 걸음걸이다. 주저 없이 지붕 끝으로 직진하는 걸 보니 첫 번째 성공에 고무되어 두 번째 도약에 연이어 도전할 모양이다.

두 번째 도약을 준비하는 슬레이트 지붕과 담 사이는 거리가 제법 됐다. 위험 속으로 뛰어드는 것보다 사람을 피해 가는 게 더 안전하다고 느끼는 걸까. 내가 이런저런 생각에 빠진 동안, 황란이는 어느새 지붕 끝까지 가더니 뒷발에 힘을 주며 단번에 뛰어오른다. 이번에는 뛰어오르면서 조금 발을 삐끗했는지, 도약 거리가 조금 모자랐는지 간신히 담벼락 끝에 뒷발을 걸쳤지만, 다행히 아래로 떨어지지 않고 착지하는 데까지는 성공했다.

반가운 마음에 가까이 다가가니 황란이가 자기를 잡으러 온 줄로 알고 쏜살같이 달아난다. 지붕 위에서는 안전했지만 땅 위에서는 안심할 수 없다. 인간에게 따라잡힐 수도 있는 만큼 뒤도 돌아보지 않고 달려서 거리를 벌려두는 게 상책이다. 멀리뛰기, 단거리 경주, 때론 공중 점프까지 길고양으로 살아남기 위해 익혀야 할 종목들이 너무 많다.

코점이의 신분증

    자주 마주치는 고양이에게 이름을 붙일 때 기준이 되는 건 주로 얼굴 무늬다. 흰 얼굴에 코만 까만 녀석은 코에 머드팩을 붙인 것처럼 보여서 코팩이, 찰리 채플린의 콧수염처럼 짤막한 검은 얼룩이 있으면 찰리, 눈에 띄는 점처럼 작은 얼룩이 있으면 코점이가 된다. 개미마을 코점이도 콧등에 점이 두어 개 있어 붙여준 이름이다.

    여느 고등어 무늬 고양이들 사이에서도 코점이는 콧등이 까진 것처럼 털이 없어서 유독 눈에 띄었다. 길고양이를 따라다니다 보면 분홍색 속살이 고스란히 보일 만큼 콧등의 털이 벗겨진 녀석들을 종종 만난다. 그래서 내가 코점이의 안부를 묻는 방식은 콧잔등의 털이 얼마나 자랐는지 가만히 확인하는 것이다. 봄 새싹이 자라듯 콧등의 털도 쑥쑥 자라라고 기원하면서. 하지만 시간이 흘러 콧잔등에 짧고 하얀 털이 자라났어도 조그만 점 두 개는 털에 묻혀 사라지지 않고 그대로였다.

    길고양이 중에 고등어 무늬가 흔하다 보니 뒷모습만 보고 코점이인 줄 착각한 적도 있었다. 하루는 개미마을 노인정으로 향하는 언덕길을 코점이가 종종걸음으로 올라가기에 잰걸음으로 따라 올라가보았다. 고동색 얼룩무늬 뒷모습이며 살짝 보이는 옆얼굴과 몸집까지 꼭 코점이어서 반가운 마음으로 따라가는 걸음을 서두른다.

사람도 숨이 가빠 쉬며 오르는 언덕을 코점이는 한 번 쉬지도 않고 걸어 오른다. 비탈길이 끝나고 평지로 접어드니 뒤에서 허덕허덕 따라가던 내게도 여유가 생겼다. 내가 잘 따라오고 있는지 확인이라도 하듯이 코점이가 뒤를 돌아본다.

앗, 그런데 코점이의 상징인 콧등의 점이 없어졌다. 어떻게 된 건가 싶어 당황해하고 있던 와중에, 개집 지붕 위에서 고양이 한 마리가 고개를 쑥 내밀고 참견을 한다. 이번에는 진짜 코점이었다. "너 왜 엉뚱한 녀석을 쫓아가고 있니?" 하는 듯한 얼굴로 나를 빤히 바라보는 시선에 머쓱해졌다. 놀아줄 사람 없어 무료하게 개집을 지키던 누렁이도 느닷없는 상황을 흥미로운 듯 지켜보며 끼어들 기회를 노린다.

집에 와서 사진을 확대해보니 역시 내가 뒤쫓던 길고양이의 코에는 점이 없다. 지문처럼 자신에게만 있는 점으로 자기를 드러내는 코점이. 코에 박힌 가뭇한 점 두어 개가 녀석에겐 살아 있는 신분증이 아닐까 싶다.

길고양이 공습경보。。

길고양이가 은신처로 삼고 살아가는 자동차 밑에 공습경보가 울린다. 길고양이의 천적 중 하나인 아이들이 등장한 것이다. 다행히 아이들은 고양이를 싫어하거나 괴롭힐 의도는 없는 것 같다. 다만 집에서만 사는 줄 알았던 고양이가 길가에 나와 있으니 신기해서 구경하고 싶은 것이다. 그러나 이미 인간에게 여러 번 혼쭐난 경험이 있는 길고양이들은 호들갑을 떨며 은신처를 엿보는 아이들이 영 마땅찮은 모습이다.

아이들은 고양이를 한번 만져보려고 자동차 밑으로 힘껏 손을 뻗어보지만, 고양이가 호락호락 만지게 둘 리 없다. 자동차 그늘 가장자리에 누워 있던 고양이들이 한가운데로 슬금슬금 몸을 옮긴다. 그 자리라면 아무리 손을 뻗어도 아이 손으로는 닿지 않으니 만지거나 귀찮게 할 수 없다.

어른이 길고양이를 미워하는 건 대개 고양이가 쓰레기봉투를 뜯거나 밤중에 울어대는 것이 싫기 때문이다. 하지만 아이들이 길고양이를 괴롭힐 때는 고양이가 딱히 미워서라기보다 가까이 가거나 만지고 싶은데 뜻대로 안 되니 심통이 나서인 경우가 많다. 호기심이 동해서 다가갔더니 곁을 내주지 않아 짜증은 나고, 결국 못 먹는 감 찔러나 본다고 돌이라도 던져서 반응을 보고 싶은 것이다. 그렇게 심통 부리는 아이들의 장난이 걷잡을 수 없이 커지면 때론 학대로 이어지기도 한다. 그래서 누군가가 적당한 선에서 제동을 걸어줘야 한다.

혹시 길고양이를 괴롭히는 어린아이를 만난다면 네가 싸우다가 한 대 맞아도 아프지 않느냐고, 그런데 고양이는 저렇게 작으니까 맞으면 더 아플 거라고 이야기해주자. 머리 굵은 어른의 마음이야 쉽게 바뀔 리 없겠지만, 아이들은 납득할 수 있게 타이르면 장난을 멈추기도 하니까. 길고양이를 못살게 구는 대신 생명의 소중함을 느끼며 반가워하는 아이들이 늘길 바란다.

문턱을 넘지 못하다

종종걸음으로 길을 가던 코점이가 새시 문을 활짝 열어놓은 집 앞에 문득 멈춰 선다. 열린 문 너머로 무엇을 본 것일까. 점심을 지나 저녁을 향해 가는 시간, 아마도 동네 사람들이 분주하게 저녁밥을 준비하는 동안 솔솔 풍겨오는 고소한 냄새에 고양이 코가 먼저 반응했을 것이다.

코점이는 잠시 머뭇거리다 계단 하나를 딛고 문턱 안쪽으로 몸을 기울인다. 안이 어둑어둑해 잘 보이지 않는지 다시 까치발을 하고 몸을 길게 뻗는다. 문턱 하나로 인간의 영역과 고양이의 영역이 나뉜다.

운이 좋다면 문턱 너머에서 따뜻하고 맛있는 음식도 맛보고, 자기를 귀여워해주는 사람도 만날 수 있을지 모른다. 하지만 반대로 도둑고양이 취급을 받으며 쫓겨나거나, 얼른 꺼지라는 호통과 함께 찬물 세례를 받을지도 모를 일이다.

그 문턱 하나만 넘으면 인간의 영역으로 들어갈 수 있지만 길고양이는 선뜻 경계를 넘지 못한다. 사람에겐 잠깐이지만 길고양이에겐 길었을 몇 분 동안, 코점이는 한참을 서 있다가 발길을 돌린다. 문 너머로 흘러나오는 푸른 불빛이 차다.

힘내요 계단의, 고양이 가족.

황란이와 새끼 촐랑이가 머물던 계단 근처 공터는 줄곧 쓰레기를 모으는 장소로 이용되고 있다. 계단에 일정한 간격을 두고 "조금만 더" "오늘도 힘차게" 같은 응원 문구가 적혀 있는 걸 보고 나 혼자 '힘내요 계단'으로 부르는 곳이다.

계단 앞에 주차된 자동차와 분리수거용 물품 더미까지도 예전 모습 그대로이지만, 이곳을 쉼터로 이용하는 고양이 가족의 얼굴은 해마다 바뀐다. 계단 근처에 분리수거할 빈 상자와 폐품 잡동사니들이 수시로 쌓이는데, 가끔 음식물쓰레기도 버려지는지라 길고양이에겐 배를 채울 수 있는 노천 식당이 된 것이다. 이곳 화단 공터에 새 식구가 등장했다.

엄마 고양이는 저번에 코점이로 착각했던 고등어 무늬 아줌마. 이번에는 두 마리 새끼를 데리고 나타났다. 코밑에 콧수염 모양의 얼룩이 있는 검은 고양이는 셤이, 유독 꼬리를 즐겨 세우는 삼색 아기 고양이에겐 꼬리라는 이름을 붙여주었다.

고양이 가족은 약속이나 한 듯 쓰레기 하치장 앞에 주차된 자동차 아래로 몸을 숨긴다. 언제 차가 들고 날지 몰라 불안한 구석도 없진 않지만, 그래도 사방이 뚫

려 경계하기 쉽고 달아나기도 쉬운 이곳이 마음에 드는 모양이다.

세 마리 고양이 식구가 한데 모여 식빵을 굽는다. 식빵 자세는 다 똑같아 보여도 앉은 자세를 가만히 보면 각자의 성격을 알 수 있다. 섬이는 가장 앞줄에 고개를 쑥 빼고 정찰하듯 두리번거리고 있고, 고등어 아줌마는 아직 어린 꼬리 곁을 떠나지 않는다. 갑자기 느껴진 인기척에 꼬리의 가슴은 두근두근, 눈동자는 놀란 토끼처럼 동그래졌다. 내가 서 있는 쪽까지 쿵쿵 심장소리가 들려올 것만 같다. 하지만 바로 옆에 엄마가 있으니 그래도 마음을 놓고, 긴장했던 두 다리에 들어간 힘을 푼다.

꼬리는 보초 서는 엄마 곁에서 다시 편안한 눈매로 스르르 잠이 들려 한다. 아까부터 끼어들 틈만 노리던 섬이가 슬그머니 카메라 앞을 막아선다. 어설픈 파파라치 노릇은 그만하고 가버리라고 내게 경고하는 것이다. 섬이의 귀여운 경고에 자리를 털고 일어나 조금 떨어진 곳으로 자리를 옮겨서 마저 관찰해본다.

자동차 그늘에서 나온 섬이와 꼬리는 서로 성큼성큼 다가가더니 다정하게 서로 코를 맞댄다. 고양이 세계의 인사법인 고양이 키스다. 섬이가 먼저 동생의 콧잔등부터 입술까지 꼼꼼히 냄새를 맡는다. 고양이의 입술 가장자리엔 고유한 냄새를 분비하는 선이 있다는데 그 냄새를 확인하는 것이다. 어린 꼬리도 꼼꼼한 냄새 맡기로 화답해온다. 길고양이를 찍으며 가끔 보는 풍경이지만 언제 봐도 마음이 따뜻해진다. 방금 전까지도 흙바닥 위에서 뒹굴고 놀던 가족이지만, 냄새로 서로의 안부를 확인하는 일만큼은 빼놓을 수 없는 일인가 보다.

안부 인사를 마친 두 고양이는 뒷다리 근육 힘도 기를 겸 계단 뛰어오르기 훈련을 한다. 맨 아래 계단에 서 있을 때면 언제 저기까지 가나 싶겠지만, 한 계단 한 계단 오르다 보면 마침내 꼭대기까지 닿을 수 있을 것이다. '힘내요 계단'을 하나씩 뛰어오를 때마다 당기고 후들거리던 다리가 아무렇지도 않게 느껴지는 날이 오면, 녀석들도 진짜 어른이 되어 이곳을 떠나게 되겠지.

쓰레기 먹는 길고양이

한참 자랄 청소년기 고양이라 그런지 섬이는 늘 먹을거리가 부족한 것이 불만이다. 근처에 밥 주는 어르신이 계시지만, 혼자 먹는 밥이 아닌지라 양이 성에 차지 않아 한낮에도 밥을 찾으러 나선다. 어디선가 음식물 냄새가 솔솔 풍겨와 가까이 다가가보지만, 냄새의 진원지인 초록색 양동이는 굳게 닫혀 있다.

아파트에는 주민들이 공동으로 사용하는 대형 음식물쓰레기 수거통이 따로 있지만, 일반 주택가에서는 소형 음식물쓰레기 수거함을 사용하는 경우가 많다. 여기서 흘러나오는 냄새는 배고픈 길고양이에게 유혹적이다. 가끔 뚜껑을 꼭 닫지 않은 수거함 뚜껑을 앞발로 밀치고 열어 머리를 디밀기도 하지만 매번 그런 날이 오는 것은 아니다. 음식찌꺼기를 먹어봤자 얼마나 배가 부르겠나 싶고, 몸에 좋을 게 뭐가 있겠나 싶지만 언제 먹을 것을 구할지 불확실한 길고양이들에게는 그것도 감지덕지인 때가 많다. 무엇으로든 주린 배를 채울 수 있다면 눈앞의 음식은 거부하기 힘든 유혹일 것이다. 그래서 쓰레기봉투를 뜯기도 한다.

쓰레기통이 열렸나 살펴보러 왔다가 빈손으로 돌아서던 섬이의 눈앞에 휴지 한

245

장이 들어온다. 조그만 조각에 음식물 냄새라도 배어 있었던지 코를 대고 킁킁 냄새를 맡는 모습이 영 배가 고픈 눈치다. 고양이를 만나면 주려고 갖고 다니는 비상식량 봉지를 꺼내 구석에 풀어놓으니 웬 떡이냐 하고 달려와 반기는 섬이의 눈이 반짝반짝 빛난다.

음식물쓰레기를 노리는 어린 고양이는 섬이만 있는 게 아니었다. 누군가가 버리고 간 패스트푸드 봉투를 보고 어린 노랑둥이가 슬그머니 다가오는 모습도 볼 수 있었다. 고소한 닭기름 냄새에 이끌려 다가왔는지 쓰레기봉투에 머리를 박고 빈 컵을 쓰러뜨리며 한바탕 난리를 피운다.

쓰레기봉투를 뜯는 모습이 사람들 눈에 띄면 좋은 눈길을 받을 리 없다. 다행히 길고양이 사료가 아직 남아 있어서 어린 고양이에게도 먹을 몫이 돌아갔다. 경계심이 많은 녀석이라 사람이 있으면 먹지 않아서, 사료를 부어놓고 잠시 자리를 비웠다가 돌아와보니 황급히 달려들어 흡입하다시피 먹어치우고 있다. 매일 챙겨줄 수 없어 미안하지만, 하루만이라도 잘 먹고 힘내길.

오래된 건물, 벽 틈새

    마을버스를 기다리며 무심코 정면을 보고 있는데 길 건너편 계단 위로 노랑 고양이 꼬리가 언뜻 보인다. 버스는 기다리면 다시 온다지만, 한 번 스쳐 간 길고양이는 다음을 기약할 수 없는 법이다. 다음 버스를 타기로 하고 얼른 뛰어가본다. 아까 꼬리만 보였던 고양이가 달아나지 않고 그대로 있다.

    고양이가 놀라지 않게 조심조심, 한쪽 눈은 감고 한쪽 눈은 카메라로 가리고는 '너를 보는 게 아니야' 하고 마음속으로 암시를 보내면서 한 걸음씩 다가간다. 고양이는 엉거주춤하며 도망갈까 잠시 고민하는가 싶더니 슬며시 엉덩이를 붙이고 눌러앉을 자세를 취한다. 절반은 앉고 절반은 일어선 엉거주춤한 자세가 사랑스러워 한참을 보았다.

    이쪽과 어느 정도 거리를 확보한 고양이는 마음이 한결 여유로워져서 제 팔을 베고 누웠다. 뭔가를 골똘히 생각하는 표정이다. 딱딱한 돌계단이지만 폭신한 네 다리가 휴대용 쿠션이 되어주니 거리낄 것이 없다. 팔베개를 하고 온 세상을 내려다보는 고양이의 얼굴이 한가롭다. 그런 '고양이 휴식'이 나에게도 찾아와주면 좋

겠다 싶다.

계단에서 멀지 않은 곳에는 이 고양이의 은신처가 있었다. 어쩐지 여유롭다 싶더니 오래된 건물 벽 틈새, 길고양이 한 마리만 드나들 만한 좁은 통로를 미리 확보해두었던 게다. 바로 옆 녹슨 철판과 고양이의 얼룩무늬가 마치 색깔이라도 맞춘 듯 잘 어울린다.

지붕 위 틈새로 몸을 숨기려고 잠시 걸음을 멈춘 얼룩 고양이가 우뚝 서 있다. 혹시나 해서 눈을 끔뻑끔뻑 떴다 감았다 신호를 날리니, 고양이도 나를 향해 넌지시 눈을 감아 보이며 답례한다.

고양이가 숨어든 건물 벽 틈새로는 버려진 페트병이 주인인 양 자리를 차지하고 있다. 하지만 길고양이는 약간 몸을 비켜 들어가더니 자리를 잡고 식빵을 굽는다. 앞발은 보이지 않지만, 도톰한 앞가슴 털 모양으로 미뤄보아 벌써 편안한 자세를 잡았다는 걸 알 수 있다. 가파른 지붕 위라 내가 따라잡을 수 없다는 것을 알고 있으니 저 좁은 공간에서도 저렇듯 편한 자세를 취할 수 있는지도 모르겠다. 낡은 건물 벽 좁은 틈새로 그렇게 길고양이 한 마리가 스며든다.

하수구로 숨어든 길고양이

폴짝폴짝, 고양이가 바쁜 볼일이라도 있는 것처럼 걸음을 재촉하며 산을 오른다. 하얀 털에 노란 점박이 무늬 고양이라 어두운 바위틈 사이에서도 금세 눈에 띈다. 목이 말랐던지 물이 흘러 내려가는 하수구 쪽으로 슬금슬금 다가온다.

고양이는 고인 물 쪽으로 머리를 가까이하고 다가가 냄새를 킁킁 맡다가 하수가 흘러내리는 구멍으로 얼굴을 쑥 내밀고 갸웃거린다. 윗동네 사는 사람들이 쓰고 버린 생활하수가 흘러나가는 통로이지만, 고양이에게는 냇물이 흘러내리는 계곡처럼 여겨졌던 모양이다. 뭔가 갈등하는 것처럼 서성거리던 고양이는 막상 물 앞에 도착해서도 머뭇거리며 가만히 있다.

명색이 바위산인데 옹달샘처럼 맑은 물이 솟아나오는 곳이라도 있으면 좋으련만, 자연수 구경은 하기 힘들고 결국 사람이 쓰고 버린 물뿐이다. 아무리 목이 말라도 이 물은 영 먹기 힘든지, 그래도 미련이 남아서인지 고인 물을 말없이 물끄러미 보고 있다가 걸음을 돌린다.

잠시 하수구를 살피던 고양이가 통로 쪽에 자리를 잡고 앉아 눈을 감는다. 고

양이는 물을 싫어하기로 유명한 동물이지만, 털이 젖고 냄새나는 물이 흘러도 사람 눈을 피할 수 있는 여기가 안전하다고 생각한 모양이다. 내가 떠나지 않고 관찰하고 있으니 고양이도 신경이 쓰이는지 슬그머니 일어나 마을 아래로 내려간다.

노랑점박이 고양이와 그렇게 작별하는가 싶어 나도 계단을 내려와 다른 곳으로 이동하기로 한다. 계단 아래서 저 멀리 산등성이 쪽을 올려다보니 언제 저 위쪽까지 걸어갔는지 아까 본 노랑점박이 고양이가 천천히 걸음을 옮기고 있다. 완만한 경사의 바위산이라 고양이 걸음으로도 손쉽게 오를 수 있었던 모양이다.

바위산 주변에는 등산객들의 실족 사고를 우려해 연두색 보호 철책을 세워놓았지만, 길고양이가 다니는 길은 안전한 철책 안쪽이 아니다. 사람 눈으로 보기에는 위태로워 보이는 바윗길이지만, 이곳을 걸으면 사람에게 쫓길 일은 없으니 고양이 입장에선 안심이다. 경사가 완만하다고 해도 제법 높아서 자칫 발이 미끄러지면 어쩌나 싶기도 한데, 고양이 발걸음에 워낙 여유가 있어 큰 걱정이 되지는 않을 정도다.

가끔은 이렇게 고양이가 살아가는 풍경을 멀리서 한눈에 담고 싶을 때가 있다. 너무 가까이 다가가서는 보지 못하는 모습들이 그 속에 있다. 짧은 꼬리를 바짝 세우고, 벼랑 아래는 내려다보지 않고 정면만 보며 힘차게 바위산을 오르는 고양이의 길을 눈으로 따라간다.

반갑고 귀한 인연, 귀연이

개미마을 길고양이 중에 가장 기억에 남는 녀석이 있다면 귀연이가 아닐까 싶다. 녀석은 제법 멀리 떨어진 거리에서도 나와 눈이 마주치면 잰걸음으로 다가오곤 했다. 특별히 그 녀석에게만 잘해준 것도 아니었고, 매일 올 수 있는 동네도 아니어서 가끔 얼굴 보는 정도에 불과한데도 어떻게 나를 기억하고 반가워할까.

길에서 만나는 인연 중에 귀연이 같은 고양이들이 간혹 있다. 어딘가에 느긋하고 평화로운 얼굴을 한 고양이가 있다면, 그곳에는 분명 고양이를 돌보는 손길이 있다. 고양이가 행복한 동네를 만드는 것도, 고양이가 사람만 보면 달아나는 동네를 만드는 것도 결국 사람이다.

흔히 만날 수 없는 '귀한 인연'이란 뜻으로 귀연이라 이름을 지어주고 녀석의 주변을 주의 깊게 살폈더니, 역시 골목 안쪽에 밥 주는 집이 있었다. 대문 앞에 놓인 양푼에는 늘 고양이 사료가 가득 담겨 있으니, 고양이를 위한 무료 급식소인 셈이다. 이 집에 가면 늘 먹을 게 있다고 고양이들 사이에 소문이 났는지, 귀연이 말고도 나이 지긋한 떡진이, 귀연이와 종종 붙어 다니는 귀현이 등 여러 마리가 그 집 지붕 위에서 놀곤 했다.

한데 사람에게 살가운 귀연이도 마을 사람 모두에게 친근한 반응을 보이는 건 아니었다. 귀연이는 주로 나이 지긋한 아저씨를 두려워했다. 아마 예전에 그런 사람에게 호되게 당한 적이 있는 것 같았다. 그렇다면 나는 밥 주는 아주머니와 비슷한 모습이라 반겼을까. 고양이 무료 급식소 주인장을 직접 뵌 적은 없으니 확인은 못하고 심증만 갖고 있을 따름이다.

하루는 지붕에서 볕을 쬐던 귀연이가 멀찍이 서 있던 나를 발견한 모양이었다. 심심하던 차에 잘됐다는 기색으로 벌떡 몸을 일으키더니, 발걸음도 가볍게 통통거리며 나를 향해 걸어온다. 귀연이와 나 사이의 직선거리만 해도 10미터도 넘었던 데다가, 귀연이가 있는 곳은 지대가 낮고 내가 선 비탈길은 지대가 높아서 빙 둘러 와야만 했다. 하지만 귀연이는 사람이 다니는 길 대신 지붕 길을 타고 달려오는 게 아닌가. 지붕에서 지붕으로, 다시 담장으로 통통 뛰어오르는 귀연이 덕분에 거리는 순식간에 좁혀졌다.

내가 어리둥절해 있는 사이 귀연이는 잽싸게 내가 기대고 서 있었던 담장으로 올라서더니 귀염성 있는 목소리로 울며 애교를 부린다. 험한 세상에 어찌 살려고 이러나 싶기도 하지만, 먼저 마음 열고 다가오는 녀석 앞에서는 나도 무방비 상태가 되고 만다. 사람을 사랑할 줄 알고 사랑받을 줄도 아는 귀연이의 천진함이 지켜지기를, 마음 다치는 일이 없기를 빈다.

등산의 달인, 산고양이를 만나다

호랑이도, 표범도 오래전에 다 사라진 개미마을 뒷산에는 산고양이가 살고 있다. 도시에서 밀려나 갈 곳 없는 길고양이들이 산으로, 산으로 떠밀리듯 올라가는 것이다. 한낮에는 바위로 올라가 볕을 쬐다가 어둑어둑해지는 저녁나절이면 민가로 어슬렁어슬렁 걸어 내려와 먹을 것을 구한다.

꽃샘추위가 가시고 봄 날씨가 반짝 찾아온 오후, 고양이를 만나러 개미마을 근처 뒷산으로 찾아간다. 누군가를 기다리기라도 하는 듯 노랑 고양이 한 마리가 바위 위에 앉아 식빵을 굽고 있다. 하지만 나를 기다린 것은 아닌 모양이다. "나도 그 햇볕 좀 같이 쬐어 보자"는 듯, 친구 고양이가 느린 걸음으로 다가오고 있었으니까.

고양이들은 등산 장비 하나 없어도 발톱에 힘을 주고 "에잇 에잇" 기합을 넣어 가며 바위산을 오른다. 편안한 자세로 널브러져 있던 노랑 고양이가 자세를 가다듬고 찾아온 친구를 맞이한다. 친구 사이에도 예의는 필요한 법이니.

혼자였다가 둘이 된 고양이들이 노릇노릇하게 구워진 식빵 덩어리처럼 사이좋게 바위에 앉아 볕을 쬔다. 바위산과 비슷한 빛깔의 고양이 털옷은 천연 보호색이 되어 적의 눈에 잘 띄지 않도록 도와준다. 사람들이 미처 깨닫지 못하는 사이 고양이는 마을을 굽어다보며 세상을 향해 호령하고 있었다. 자그마한 고양이의 모습을 하고 있지만 마음만은 호랑이처럼 위풍당당한 노랑 고양이들이다.

개미마을은 아직 남아 있는 한기를 피하려고 친구 곁에 몸을 붙이는 고양이들로 붐빈다. 쌍둥이처럼 꼭 닮은 길고양이 한 쌍도 추위를 피하려 몸을 웅크리고 오도카니 앉아 있다. 몸을 동그랗게 움츠리면 찬바람으로 드는 한기를 조금이나마 막아 체온이 덜 떨어진다. 겨울과 초봄 사이 식빵 자세로 햇볕 쬐는 길고양이를 어렵지 않게 볼 수 있는 이유다.

하지만 장난기 많은 고양이들은 추위를 피하면서도 가만히 있는 법이 없다. 움직이면 배가 꺼질 것을 알면서도 껌딱지처럼 가만히 앉아 있기는 심심했는지, 앞발을 들어 괜히 옆자리 친구를 툭툭 건드리며 장난을 건다. 하지만 무엇 때문에 심통이 났는지 친구는 장난을 받아주지 않고 그만 외면해버린다. 단단히 화가 난 것 같은 분위기다.

'앗, 장난이었는데……'

당혹스런 마음에 무슨 일이든 해서라도 친구의 마음을 풀어주고 싶은 고양이는 킁킁 친구의 냄새를 맡으며 애써 친근감을 표시해본다. 길고양이들의 콧잔등 인사는 안부를 묻고 서로의 마음을 확인하는 좋은 방법 중 하나다.

그렇게 한참 사과를 구하고 나서야 인사를 받아주며 눈을 지그시 감는 친구 고양이다. 열심히 냄새를 맡으며 정성을 보이는 모습을 보고 짜증났던 마음도 봄눈 녹듯 녹아내린 모양이다.

시간의 힘으로 완성해가는 사진

사진으로 담은 홍제동 개미마을 고양이들을 살펴본다. 한두 번 얼굴을 비치다 사라진 고양이도 있었지만, 어떤 고양이는 어엿한 엄마가 되었고 개중에는 두목이 되어 마을에서 자리를 잡은 녀석도 있었다. 어렵게 살아남은 길고양이도 마을의 재개발이 끝나면 일부는 도태되고 일부만 살아남을 것이다.

인간이 어떻게 환경을 변화시킨다 해도 고양이들은 묵묵히 견디며 살아간다. 길고양이에게 생활신조가 있다면 아마 '그럼에도 불구하고'가 아닐까. 고양이에 대한 기록이 흩어져 있을 때는 단편적인 추억에 그쳤지만 2007년부터 2012년까지 5년에 걸친 이야기를 모아 보니 어느새 고양이 동네의 역사가 됐다. 사진을 찍는 건 내 손이지만 그 사진들의 의미를 완성하는 건 내가 아니라 시간이라는 걸 알겠다.

길고양이 골목을 찍으며 마음에 새기는 책이 있다. 2005년 작고한 사진가 김기찬의 『골목안 풍경』이다. 그의 연작 사진들은 시간의 힘이 어떤 것인지를 적확하게 보여준다. 1960년대 말부터 골목 많은 동네에서 살아가는 사람들을 꾸준히 담아온 작가는, 무작정 사진기를 들이대는 대신 끈기 있게 동네 사람들을 만나면서 신뢰를 쌓아나갔다. 괜한 오해를 살 우려가 있기에 젊은 부인들의 사진은 작가의 나이 50세를

넘기고 나서야 찍기 시작했다고 한다.

그의 얼굴이 동네 사람처럼 친근해진 다음에야 비로소 사람들은 자신의 속내를, 가족과 함께 사는 생활공간을 열어 보였다. 시간이 만들어낸 신뢰 속에서 그의 사진들은 더욱 단단해졌다. 김기찬의 연작 사진 중에 가장 인상적이었던 작업은 중림동 쌍둥이 자매의 사진이다. 골목에 자리 깔고 놀던 쌍둥이 소녀들이 숙녀가 되고 다시 중년 여인이 되어 반백의 어머니와 함께 서기까지, 1972년부터 2001년까지 다섯 차례에 걸쳐 찍은 사진은 29년이라는 세월을 압축해 한눈에 보여준다. 마지막 촬영에서 함께 얼굴을 마주한 순간, 사진가도 모델도 뭉클한 기분이 들지 않았을까 싶다.

여성이 첫 출산을 해서 가족을 이루는 평균 기간을 '가족 세대'라 한다. 사람의 가족 세대가 평균 30년인데 비해 길고양이는 평균 생후 1년경 첫 새끼를 낳으니, 사람의 30분의 1에 불과하다. 지금껏 개미마을 고양이를 기록해온 시간이 5년이라면, 고양이 세계의 기준으로 가족 세대가 다섯 차례 지나간 셈이다.

개미마을이 앞으로 어떻게 변해갈지 모르지만, 큰 욕심 부리지 않고 내게 허락된 시간 동안 이 동네의 변천사를 기록해갈 생각이다. 언젠가 시간이 만들어낸 사진의 힘이 무엇인지 스스로 깨달을 수 있길 바라며.

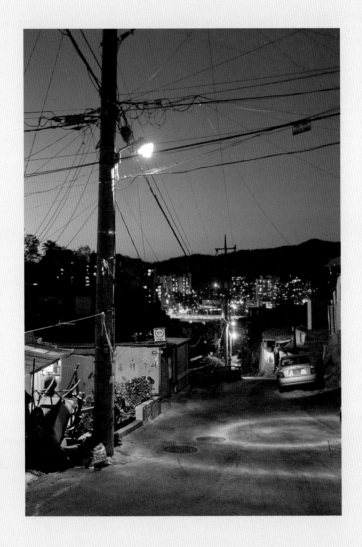

길고양이의 안전을 위해
알아둘 점들

길고양이로 태어나 주어진 삶을 온전히 마칠 때까지 거쳐야 할 난관은 너무도 많다. 꼬질꼬질한 길고양이를 보면, 집에서 편안하게 뒹굴거리는 우리 집 고양이와 비교되어 짠해지고 어떻게든 잘해주고 싶어진다. 하지만 때론 선의만으로 길고양이를 도울 수 없는 경우도 있다. 길고양이의 습성에 대한 이해가 따라야 그들에게 필요한 도움을 줄 수 있다.

길고양이는 '집 없는 고양이'가 아니다

길고양이는 버려져서 길에서 살게 된 것이 아니라, 처음부터 그 영역에서 태어난 경우가 대부분이다. 사람 눈에는 한뎃잠을 자는 것 같아 보여도 길고양이에게도 나름대로 사회와 동료가 있으므로 무조건 동정의 눈길로 볼 필요는 없다. 안쓰러운 마음에 갑자기 집으로 데려오면 길고양이는 영역을 잃고 혼란을 겪는다.

어린 길고양이가 혼자 있으면 어떻게 할까

어린 고양이가 혼자 있다고 해서 반드시 버려진 것은 아니다. 어미가 먹이를 구하러 자리를 비운 것일 수도 있다. 혹한기에 너무 오랜 시간 방치되는 경우 저체온증이 우려되므로 보온이 필요하고, 아픈 상태가 확연히 눈에 띈다면 도움이 필요하지만 그렇지 않다면 어미가 돌아올 때까지 기다려주는 것이 좋다.

길고양이와 어느 선까지 친해져야 하나

길고양이와의 교감은 분명 따뜻한 경험이다. 하지만 사람의 손길에 익숙해진 길고양이는 고양이를 싫어하는 사람에게 무방비 상태로 다가갔다가 크게 다칠 수 있다. 경계심이 많은 길고양이는 무조건 사람을 믿는 녀석들보다 살아남을 확률이 높다. 세상에는 길고양이에게 호의적인 사람만 있는 게 아니며, 캣맘도 24시간 길고양이들을 지켜줄 수 없다. 고양이가 의존성을 기르지 않도록 최소한의 안전거리를 유지하는 배려가 필요하다.

길고양이 겨울 집 만드는 요령

한겨울에는 바람만 막을 수 있어도 추위를 피하는 데 도움이 된다. 큰 골판지 상자를 구해 출입구를 만들고, 그 안에 스티로폼이나 아이소핑크 같은 단열재를 넣어준다. 못 쓰는 담요나 안 입는 옷가지도 좋다. 출입구를 제외한 다섯 면을 책 싸는 질긴 비닐 등으로 꼼꼼하게 싸주면 한기를 막을 수 있다. 집을 놓는 자리는 아파트 화단 뒤편에 나무가 우거진 곳 등 사람들의 시선을 피할 수 있는 곳이 안전하고, 합판 등으로 입구를 가려주면 더욱 좋다.

겨울철 자동차 아래 고양이 조심!

길고양이는 원래 자동차 아래를 즐겨 찾지만, 겨울이 되면 더욱 자동차 근처를 선호한다. 자동차는 한겨울 눈을 피할 수 있는 쉼터도 되고, 막 주차된 차에는 온기가 남아 있기 때문이다. 자동차 바퀴 위로 올라가거나, 심지어 엔진룸 속으로 기어들어가는 고양이도 있다. 그러므로 겨울철에는 차를 탈 때면 인기척을 내는 게 좋다. 차를 타기 전에 발을 구르거나, 출발 전에 차 문을 한 번 여닫는 등 길고양이가 달아날 수 있게 신호를 보낸다.

안정적인 밥 자리가 생기면 길고양이가 동료를 데려오기도 하고, 짝짓기를 해서 새끼를 낳기도 한다. 처음에는 한두 마리 밥 주기로 시작하지만, 점차 개체 수가 늘면 이웃과의 갈등이 커지고 길고양이의 안전도 위협받기 쉽다. TNR에 대한 찬반 논란이 있지만, 캣맘들이 TNR을 고민하는 것도 그 때문이다. TNR이란 앞에서도 설명했듯이 포획(Trap), 중성화 수술(Neuter), 방사(Return)의 약자를 뜻하며, 살처분 대신 인도적으로 개체 수를 줄이는 세계 공통의 방법이다. TNR

을 한 고양이는 왼쪽 귀 끝을 0.9센티미터 정도 잘라 표시한다.

한국고양이보호협회(catcare.or.kr)에서는 정회원이 돌보는 길고양이에 한해 협력 병원에서 저렴한 비용으로 중성화 수술을 할 수 있도록 하고 있다. TNR 게시판에 먼저 TNR 신청을 하고, 운영진 승인 후 협력 병원과 일정을 잡아야 한다. 협회에서는 3킬로그램 이상의 건강한 고양이를 대상으로 하되 가급적 암고양이부터 먼저 TNR하고, 수유묘는 제외할 것을 권장하고 있다.

(사)동물보호시민단체 카라(ekara.org)에서는 『길고양이 보호를 위한 핸드북』을 출간해 길고양이에 대한 이해를 돕고 있으며, TNR 워크숍도 진행하고 있다. 워크숍에 참석해 사전교육을 받은 서울 지역 캣맘을 대상으로 무료 중성화 수술도 지원한다. 2013년부터 시범적으로 시작된 사업으로, 1인당 최대 다섯 마리까지 신청 가능하다 (선착순 마감).

두 단체 모두 캣맘이 직접 포획, 협력 병원 인계, 제자리 방사 및 사후 관리까지 전담하는 조건이다.

길고양이 학대 현장을 발견했을 때

고양이를 좋아하거나 싫어하는 것은 개인의 취향일 수 있다. 그러나 길고양이에 대한 혐오가 동물학대로 이어지는 경우 단호히 대처해야 한다. 현재 동물보호법 제2장 제8조 '동물학대 등의 금지' 조항을 위반하면 1년 이하의 징역 또는 1,000만 원 이하의 벌금에 처할 수 있다. 동물을 학대할 가능성이 있는 사람에게는 이 점을 강하게 피력한다. 사안이 심각한 경우 사진이나 동영상을 찍어 증빙자료를 확보해두고, 농림수산식품부 산하 동물보호복지콜센터(02-1577-0954)에 전화해 상담한다. 동물보호관리시스템(www.animal.go.kr)에 신고할 수도 있다.

길고양이를 입양하고 싶다면

동물보호관리시스템 내 '유기동물 공고' 게시판에 매일 새로 들어온 유기동물 사진과 정보가 올라온다. 유기동물로 분류되어 지자체 위탁보호소에 들어간 길고양이들은 공고일로부터 10일이 지난 후에도 새 가정을 찾지 못하면 대부분 안락사 당한다. 누군가 입양을 선택한다면 귀한 생명을 구할 수 있다. 이밖에 인터넷 고양이 커뮤니티에서도 입양 정보를 얻을 수 있다. 활발히 운영되는 고양이 카페인 '고양이라서 다행이야'(cafe.naver.com/ilovecat), 냥이네(cafe.daum.net/kitten) 등에 길고양이 구조 후 입양을 의뢰하는 글이 수시로 올라오므로 입양 관련 게시판을 참고해보자.

3

타박타박 고양이 동네

。。고양이 여행자로 살기。。

자주 만나 인사를 나누는 동네 고양이들이 있지만, 또 다른 환경에서 살아가는 길고양이들은 어떨까 궁금하기에 낯선 골목을 찾아가곤 한다. 느린 걸음으로 골목을 훑으며 돌아다니는 고양이 여행에는 굳이 차가 필요 없다. 튼튼한 두 다리와 넉넉한 시간과 고양이를 좋아하는 마음만 있으면 된다.

여행을 다니다 보면 늘 계획대로 되는 건 아니다. 하루 종일 돌아다녀도 고양이 꼬리조차 보기 힘든 날도 있고, 생각지 못한 곳에서 길고양이를 만나 하루를 꼬박 보내기도 한다. 하지만 그런 변수를 거치면서 고양이 여행을 나만의 것으로 만들어간다.

북촌 별궁길 고양이 매점

북촌 별궁길에는 고양이가 지키는 매점이 있다. 1990년 서울로 이사 와서 처음 정착한 동네가 안국동이니, 내가 기억하는 고양이 매점의 역사도 그때로 거슬러 올라간다. 그 무렵 집 근처에 가게가 세 군데 있었는데, 주로 간 곳은 고양이를 키우는 할머니가 운영하던 매점이었다. 어렸을 때는 그곳을 '고양이 집'이라 불렀다. 고양이를 키울 수 없었던 내겐 가까이에서 고양이를 볼 수 있는 유일한 곳이었으니까.

줄곧 북촌한옥지구에 묶여 있던 안국동은 1991년 제한이 풀리면서 개발 바람이 불기 시작했다. 좁고 울퉁불퉁했던 길은 도로 공사로 넓어지고 별궁길이라는 예쁜 이름도 생겼다. 하지만 개발이 누구에게나 좋은 건 아니었다. 책방이나 목욕탕, 문방구, 약국처럼 작고 오래된 가게 주인들이 떠밀리듯 문 닫고 나간 자리엔 관광객을 상대로 한 음식점과 찻집이 들어섰다.

그 와중에도 고양이 매점은 꿋꿋이 자리를 지켰다. 고양이를 키우던 주인 할머니는 떠났지만, 새로 온 주인 부부도 다행히 고양이를 좋아했다. 덕분에 주인과 안면을 익힌 길고양이 몇몇은 매점 앞마당에서 넉살 좋게 쉬다 갔다.

2002년 말 매점 맞은편 담장에 벽화가 그려지면서 이곳을 특별하게 기억할 이유가 한 가지 더 생겼다. 화풍이 어쩐지 낯익다 싶었는데 대학원에 다닐 무렵 민화를 가르쳐주셨던 한국화가 유양옥 선생님의 그림이었다. 벽화 속 길고양이가 동네 사람들 사이에서 낮잠 자는 풍경이 정겨웠다. 별궁길 풍경은 조금씩 변해가고 선생님도 2012년 초 작고하셨지만, 그림담 앞에서 매점 고양이가 노니는 풍경은 10년 넘게 거의 그대로다. 바뀐 거라면 매점을 드나드는 길고양이들의 얼굴뿐.

처음 안국동에 왔을 때 중학생이던 내가 성인이 될 만큼 시간이 흐르는 동안, 별궁길 길고양이들도 꾸준히 세대교체를 해왔다. 녹슨 캐비닛 아래 지친 몸을 누이고 선잠 자던 고양이 한 쌍도, 새끼와 정 떼려고 냉정하게 굴던 절름발이 어미도, 어두운 밤 차 밑에 옹기종기 모여 놀던 노랑둥이 일가도 이제는 만날 수 없고 사진으로만 추억할 따름이다.

요즘 매점 앞에 자주 출몰하는 고양이의 이름은 나비다. 꾸준히 매점 주인의 보살핌을 받으며 외출고양이로 살고 있다. 매점 출입문 곁에는 나비의 집과 번듯한 사료통도 있다. 영역을 순찰하느라 종종 자리를 비우긴 하지만 나비가 주인아저씨께 살갑게 대하는 모습만 봐도 이곳을 제집처럼 여긴다는 걸 알겠다.

나비는 눈 위의 짧은 털이 살짝 처져서 웬만한 일에는 놀랄 일이 없는 것처럼 보인다. 사람들이 코앞까지 다가가 카메라를 들이대도 도망가기는커녕 멀뚱멀뚱 보고만 있다. 특별한 호객행위를 하지 않지만 나비는 매점 앞에 누워 있는 것만으로도 사람들을 불러 모은다. 행인들은 나비와 놀며 사진 찍다가, 아무것도 사지 않는 게 미안해서인지 뭔가 한 가지씩 사서 돌아간다. 나비도 결과적으로 제 밥값은 톡톡히 하는 셈이다.

내가 길고양이와 놀던 시절의 추억을 간직한 것처럼, 별궁길 그림담 집 앞을 오가는 누군가도 이 길을 지날 때마다 나비의 오종종한 얼굴을 떠올리게 될까. 나비가 별궁길 고양이 매점의 상징으로 오래 기억됐으면 싶다.

서촌 고양이의 하늘 달리기

　북촌이 관광지에 가깝게 변해가면서 아쉬워진 마음을 달래주는 건 서촌의 고 즈넉함이다. 경복궁역에 내려 조금만 걸어 올라가면 헌책과 독립출판물을 함께 파는 헌책방 가가린이 있고, 관심 있는 전시장 몇 곳도 모여 있어 함께 찾곤 했다. 게다가 길고양이 가족을 만나면서 이 골목에 더 정이 들었다.

　늘 담장 위를 고수하던 노랑둥이는 '담냥이'라고 부르다 이름이 담양이로 굳어 졌고, 쌍둥이처럼 닮은 젖소 무늬 둘 중에 콧수염 얼룩이 있는 녀석은 일호, 수염 무늬가 없는 녀석은 이호라고 이름 지어주었다.

　세 마리가 늘 함께 다녀서 사연이 궁금했는데 알고 보니 녀석들은 모두 참치라 는 길고양이의 새끼들이었다. 통의동에서 참치를 쭉 돌봐온 선생님이 구청에 중 성화 수술을 신청했지만, 어미는 낯선 포획팀에 놀라 달아났고 새끼들만 잡혀가 수술 받고 돌아왔다고 한다. 중성화 수술을 마쳤다는 표시로 한쪽 귀 끝이 조금 잘린 녀석들의 모습이 안쓰럽지만, 그 표식이 있는 한 다시 끌려가는 일은 없을 것 이다. 귀 끝을 내준 대가로 인간 세상에서 살아갈 영주권을 얻은 셈이다.

그나마 캣맘이 있는 구역에서, 캣맘이 직접 신청하고 지켜보는 가운데 중성화 수술이 진행되면 길고양이들도 아무데나 방사되는 일 없이 제자리로 다시 돌아올 수 있으니 마음이 놓인다. 수술 후에도 지속적으로 보살핌을 받을 수 있기에 회복도 빨라진다.

　어미 고양이에게 물려받은 영역도 확보했고 꾸준히 밥을 챙겨주는 분도 있어서인지 녀석들 표정은 늘 여유로웠다. 하지만 뒷다리를 약간 저는 담양이는 '담장에서 오래 버티기' 신기록이라도 세울 셈인지 웬만해선 땅으로 내려오지 않았다. 불시에 습격을 받았을 때 담장에 있는 편이 아무래도 유리하다고 판단한 모양이다.

　한옥 많은 골목에서 자란 담양이 일가는 담장과 맞은편 한옥 지붕 사이로 오르내리기를 반복하며 놀곤 했다. 집과 집 사이가 바짝 붙은 골목 구조 덕분에 지붕과 담장 사이를 오르내리는 훈련을 하기에도 좋았다. 하루에도 몇 번씩 그 놀이를 반복하는 걸 보면 생존 훈련이라기보다 도약과 착지 사이의 아슬아슬함을 즐기는 게 아닐까 싶다.

　"그렇게 놀랄 건 없잖아? 이 정도는 고양이에겐 기본이라고."

　동반 점프에 성공한 담양이와 일호가 여유로운 표정으로 팔짱 끼고 나를 내려다본다. 높은 곳에 있을수록 자신이 우위라는 걸 알기에 지붕 위 고양이들에게서는 자신감이 넘친다. 사람의 눈을 피하지 않는 태도를 보고 누군가는 건방지다 여기겠지만, 내 눈에는 그 당당함이 사랑스럽게만 보인다.

　담장과 지붕 사이, 인간이 걷지 못하는 그 길은 온전히 길고양이만의 영역이다. 하늘과 지붕 사이로 전깃줄이 그물처럼 어지럽게 걸려 있지만, 인간이 하늘에 쳐놓은 그물도 길고양이의 도약을 막지 못한다.

길고양이 지붕 찜질방

담장 오르내리기도 싫증이 나면 담양이 일가는 기와지붕 위 우묵한 골에 몸을 눕히고 쉰다. 볼록한 수키와와 우묵한 암키와가 번갈아 놓이면서 골이 생겨, 고양이 한 마리가 눕기에 딱 좋은 자리가 만들어진다. 사람 눈에는 좁아 보이지만 몸에 꼭 맞는 곳을 좋아하는 고양이에겐 편안하게 느껴지는 모양이다.

뜨거운 햇살에 기왓장이 달아올라도 녀석들은 개의치 않고 누워 있다. 사람들이 노곤한 몸을 찜질방에서 풀듯, 길고양이들도 하루 종일 먹이를 구하러 다니느라 쑤시는 몸을 지붕 찜질방에서 푸는 게 아닐까.

이호가 먼저 누워 있던 지붕이 좋아 보였는지 담장에서 배회하던 담양이도 덩달아 지붕 위로 뛰어들고, 일호도 가세해 세 마리가 나란히 모였다. 온몸이 따끈해져 기분이 좋아진 담양이는 앞다리를 살포시 꼬며 만족스러운 얼굴이다.

하지만 지붕 찜질방에 세 마리가 함께한 모습을 찍은 건 그날이 마지막이었다. 이호는 그해 가을께 골목에서 사라져 더 이상 나타나지 않았다. 셋이 놀던 자리에 이제 둘만 남았다. 길고양이의 짧은 삶은 이호에게도 예외가 없었다.

장난감보다 재미있는 싸움 구경

　통의동 골목 막다른집에는 제법 많은 길고양이 무리가 산다. 고동색 줄무늬와 얼굴의 흰 얼룩까지 꼭 닮은 호순씨와 갈순씨, 콧수염 얼룩무늬가 독특한 찰리, 어린 점박이와 고등어까지 예닐곱 마리가 상주하고 있다. 길고양이들이 편안한 얼굴로 어슬렁거리는 곳에는 대개 길고양이 급식소가 있기 마련인데 이 근처에도 밥 주는 어르신이 계신다.

　막다른집 고양이들은 장난기가 많다. 하루는 어린 점박이와 고등어가 바닥에 뒹구는 전선 토막을 물어뜯으며 노는 모습을 봤다. 한데 어린 고양이들이 장난감을 주거니 받거니 하는 모습을 지그시 내려다보는 눈길이 또 있었으니 바로 갈순씨였다. 짐짓 무관심한 척 담장에 앉아서 구경만 하고 있으려나 했더니 갈순 아저씨도 속마음은 놀이에 끼어들고 싶었던 모양이다. 어린 고양이들이 쉽게 싫증을 내고 다른 곳에 관심을 쏟는 틈을 타 마당으로 폴짝 뛰어내리더니, 냉큼 전선 토막을 움켜잡는다.

　고등어가 아차 싶었는지 황급히 다가가지만 장난감은 이미 아저씨의 손아귀에 들

어가버렸다. 게다가 아저씨는 그걸 이리저리 물어뜯고 맛보기까지 하는 게 아닌가.

"내가 아까 침 묻혀 놓은 건데……."

한번 팽개쳤던 장난감도 남의 손에 들어가니 다시 탐이 났는지 고등어가 아쉬운 얼굴로 갈순씨 곁에 다가앉는다. 하지만 이제나저제나 돌려줄까 기다려도 아저씨는 딴청만 부릴 뿐 내놓을 기미가 없다. 고등어가 계속해서 따끔한 눈빛 공격을 보내지만 얄밉게 외면할 뿐이다.

토라진 고등어가 발랑 돌아누워 버둥거려도 여전히 꿋꿋한 갈순씨. 결국 장난감을 포기한 고등어는 '될 대로 되라' 싶었던지 아저씨의 뒷다리를 붙잡고 온몸의 체중을 실어 자빠뜨리고 말았다. 이때까지만 해도 아저씨가 짐짓 못이긴 척 고등어에게 져줄 것만 같았다.

하지만 멀찍이 서서 구경하던 점박이까지 "이게 웬 재밌거리냐" 하고 뛰어들면서 분위기는 반전됐다. 고등어는 뒷다리를 공략하고 점박이가 있는 힘껏 목을 조르며 헤드록을 걸어오니 아저씨도 당하고만 있을 수는 없다고 생각한 모양이다. 수동적으로 방어만 하다가 공격 자세로 들어간다. 두 녀석과 동시에 싸울 수는 없으니 우선 점박이 먼저 혼내주겠다는 자세. 크고 작은 두 고양이가 서로 머리통을 앞발로 그러쥐고 뒷발로는 연타를 날리며 버둥거린다. 고등어의 도발로 시작된 몸싸움이 급작스럽게 점박이와 아저씨의 일대일 대결로 바뀐 모양새다.

그래도 어른 고양이의 체면이 있는지라 어린 것들과 하는 싸움에 전력을 다하지는 않는다. 싸우는 당사자도 구경꾼도 그 점을 미리 알고 있으니 긴장할 필요가 없다. 장난감 쟁탈전에서 몸싸움으로 바뀐 상황을 멀찍이 앉아 관전하는 고등어 표정이 내겐 더 흥미롭다. 아마 녀석은 마음속으로 '호오, 장난감보다 싸움 구경이 더 재미있는데?' 하고 생각하는지도 모르겠다.

막다른 집 담장길 무대

찰리와 호순씨, 갈순씨가 담장 위 은신처에서 사이좋게 햇볕을 쬐고 있다. 세 마리가 다닥다닥 붙어 앉은 모습이 엉뚱하면서도 귀엽다. 고양이들은 왜 불편함을 감수하면서 좁은 공간에 끼어 앉는 걸까. 모를 일이다.

은신처에서는 이렇게 사이좋게 공간을 나눠 갖지만, 외길 담장에 올라서면 상황이 달라진다. 먹을 것을 발견했을 땐 고양이들 사이에 은근한 신경전이 벌어진다. 모처럼 좋은 자리를 선점한 찰리가 담장 길을 가로막고 비키지 않자, 호순씨는 찰리를 뛰어넘기로 한 모양이다. 뒷다리로 일어서더니 단 한 번의 도약만으로 반대편 길에 착지했다. 찰리가 먹을 것에 정신이 팔려 있었기에 망정이지, 벌떡 일어났으면 어떻게 됐을까.

고양이들은 담장길 위에서 밥을 먹고, 다투기도 하고, 때론 체력 단련도 하고, 잠도 자며 시간을 보낸다. 어린 고양이는 어른 고양이를 따라다니며 담장 뒤로 숨어 사람을 경계하며 눈치를 살피는 법을 배워나간다. 막다른 집 담장 위는 길고양이 세상에서 일어나는 온갖 사건을 축약해서 보여주는 무대다.

좌변기 쓰는 길고양이

고양이가 출몰하는 골목 건너편 연립주택 주차장에는 조그만 화단이 있는데, 고양이들은 종종 이곳을 화장실로 이용했다. 대소변 흔적을 감추기 위해 땅에 파묻는 습성이 있는 고양이들에게 화단은 유용한 간이 화장실이다. 개중에는 화분 가장자리를 두 앞발로 짚고 쭈그려 앉아 좌변기처럼 이용하는 녀석도 종종 눈에 띈다.

화분은 고양이들에게 화장실로 활용될 뿐 아니라 아늑한 요람이 되기도 한다. 화분 속에 몸을 숨기고 누워 있다가 얼굴만 뿅 내밀고 장난칠 대상을 물색하는 어린 고양이의 얼굴은 그 자체로 한 송이 꽃이다. 아무도 심지 않았지만 스스로 자라나는 꽃. 보살펴주는 사람 하나 없어도 팍팍한 세상에 뿌리내리고 살아남은 녀석들이 대견하다.

고양이꽃이 사랑스러운 건 뻣뻣하게 서 있기만 하는 게 아니라 교감할 줄 알기 때문이다. 아직 어린 꽃송이 둘이 서로 얼굴을 맞대고 반갑게 인사를 나눈다. 서로 냄새를 맡고 상대방의 몸에 묻은 흙먼지를 닦아주면서.

쌍둥이 형제의 서열 다툼

최근 불화(佛畵)에 관심이 많아졌다는 고양이 작가 마리캣과 인터뷰를 하면서 봉은사에 들렀다. 이곳에는 보살님들이 챙겨주는 길고양이들이 산다. 생명을 중시하는 불가의 가르침대로 길고양이들도 절의 한 구성원이 되어 절밥을 먹으며 살고 있다. 고양이들이 여러 마리지만 그중 눈에 들었던 건 쌍둥이처럼 꼭 닮은 길고양이 형제였다. 고만고만한 녀석들이 서열 다툼을 하는 모습이 귀여워 기억에 남는다. 처음에는 형제간의 장난에서 시작했다가 레슬링으로 변해버린 이날, 싸움의 불씨는 형 고양이의 안마 요구 때문이었다.

"어, 거기 좀 더 꾹꾹 눌러봐라."

동생은 형이 시키는 대로 앞발가락에 힘을 넣어가며 꾹꾹이를 한다. 꾹꾹이는 새끼고양이들이 젖을 빨 때 젖이 잘 나오게 하려고 엄마의 앞가슴을 꾹꾹 누르는 행동을 뜻한다. 젖을 뗀 뒤에도 기분이 좋을 때면 이렇게 꾹꾹이 시늉을 하는 고양이를 볼 수 있다. 한데 처음에는 별 생각 없이 형 말을 따랐던 동생도, 고분고분 말을 듣다 보니 짜증이 슬슬 나는 모양이었다.

'아니, 나보다 몇 분이나 더 일찍 태어났다고 꾹꾹이를 하라 마라야?'

급기야 동생이 마징가 귀를 해 가지고 형에게 달려든다. 어린 고양이의 손아귀 힘이 세봤자 얼마나 세겠나 싶지만 그래도 먼저 기습한 쪽이 승기를 잡기 마련이니, 온몸의 체중을 실어 누르는 순간 형도 뒤로 한 발짝 밀리고 만다.

"아이고, 안마 좀 시켰다고 이놈이 형님 잡네!"

화들짝 놀란 형이 몸을 뒤채며 반격에 들어간다. 선제공격을 한 건 동생이지만 형은 역시 노련해서 순식간에 전세가 역전되고 말았다. 등에 올라타고 목덜미를 무는 자세는 힘센 고양이가 약한 고양이를 제압할 때 취하는 마운팅 자세다.

"아무리 기습 공격을 한들 날 이길 수 있겠냐?"

"히잉……. 형은 만날 나만 못살게 굴어."

이번에도 지고 만 동생 얼굴이 시무룩하지만, 이렇게 투닥대는 과정에서 싸움의 기술도 자연스레 익힐 테니 형에게 고마워할 일이다.

형은 기죽은 동생 마음을 아는지 모르는지 포옹으로 마음을 다독여준다. 쌍

둥이 고양이들의 실랑이를 보고 있자니, 어렸을 때 오빠나 동생과 싸우면 어머니가 우리를 불러다놓고 잘잘못을 가린 다음 화해하라고 포옹을 시키던 일이 떠올랐다. 싸운 다음에 억지로 하는 포옹은 얼마나 어색하던지. 하지만 생각해보면 사과하기 민망할 때 말을 대신할 가장 적당한 몸짓이 포옹 아니었나 싶다.

서먹해진 쌍둥이를 달래면서 "이렇게 만난 것도 인연인데 기념사진이나 한 방 찍자" 했더니, 저희들끼리 속닥거리며 협조해줄까 말까 의논하는 눈치다. 분위기를 보아하니 모델료를 두둑하게 내놓기 전까지는 둘 다 딴청을 피우기로 한 모양이다. 한 녀석이 정면을 바라보면 다른 녀석이 그새 한눈을 팔며 애를 태우니, 모델이 하자는 대로 따를 수밖에.

서로 레슬링 놀이도 하고 맛난 것을 배불리 먹어 기분이 좋아졌는지 두 고양이는 서로의 몸에 기대고 곤히 잠든다. 형의 넓은 등에 가만히 머리를 기대고 잠든 동생의 얼굴이 편안해 보인다. 앞으로 쉽지만은 않은 삶이 기다리고 있겠지만, 서로 의지할 수 있는 형제가 있으니 힘이 되리라 믿는다.

낙산 성곽길, 고양이 동네

　서울의 4대 성곽길 중에서 가장 완만한 코스는 낙산공원에 있다. 등산을 즐기지 않는 사람도 부담 없이 오르내릴 만한 경사로여서 동대문에 볼일이 있으면 겸사겸사 찾아가곤 했다. 낙산 성곽길의 또 다른 매력은 길고양이가 자주 출몰하는 동네 두 곳을 함께 돌아볼 수 있다는 점이다. 장수마을과 이화마을이 그곳인데, 굳이 고양이 때문에 찾아가지 않더라도 워낙 벽화마을로 유명해진 곳이라 벽화에 관심이 있다면 돌아볼 만하다.

　장수마을 골목을 돌다가 담장 위 노랑둥이를 발견했을 때, 저 정도 높이라면 고양이가 만족하고도 남겠구나 싶었다. 축대 위에 지은 집이라 고양이가 앉은 자리도 아득히 높다. 사람들이 전망 좋은 곳을 좋아하듯 길고양이도 높은 곳에 오르는 걸 즐긴다. 물론 사람과는 다른 이유로 좋아하는 것이긴 하지만.

　하지만 높은 것도 어느 정도지, 아무리 대담한 녀석도 이 정도 높이에서 발밑을 내려다보면 아찔해질 것 같은데 고양이 얼굴은 담담하다. 늘 어두운 구석으로만 숨어 다니느라 움츠렸던 마음도 전망대 위에 서면 시원하게 탁 트일까. 뭔가 골똘

히 생각하는 표정으로 하염없이 먼 곳을 보고 있다. 장수마을과 이화마을의 경계선에서는 이렇게 그들만의 전망대를 개발해 주변을 응시하는 고양이들을 종종 만날 수 있다.

장수마을에서 비탈길을 따라 아래로 내려가다 보면 이화마을과 자연스럽게 이어진다. 한데 이화마을 곳곳을 장식한 벽화보다 달팽이 도로의 생김새에 더 마음이 간다. 차를 가진 사람들이 편하게 쓰라고 만들어놓은 길이지만, 달팽이 껍데기처럼 뱅글뱅글 돌아가는 길 위로는 차만 지나다니는 게 아니다. 마을 사람도 관광객도 길고양이도 공평하게 그 길을 나눠 쓴다.

하루는 달팽이 도로를 찍으려고 카메라를 들었는데 다리 위로 보무도 당당하게 걸어가는 고양이가 눈에 들어왔다. 광대한 풍경 속에 작은 점처럼 콕 박힌 길고양이를 찾아낸 날은 특별한 행운을 만난 것처럼 기분이 좋다.

그날 고양이를 유심히 지켜본 사람이 나 혼자만은 아니었던 모양이다. 찍을 때는 몰랐는데, 집에 와서 모니터 화면으로 확대해보니 고양이 등 뒤의 빌라 입구에 쭈그려 앉은 노란 티셔츠 아저씨도 고양이 뒷모습을 가만히 보고 있다. 고양이를 보고도 "이놈" 하고 호통치지 않은 걸 보면 아저씨도 고양이를 좋아하는 사람일까. 그나저나 등 뒤에서, 머리 위에서 동시에 눈총을 쏘아댔으니 그날은 길고양이 뒤통수도 좀 따가웠겠다.

숨은 고양이 쉼터

인천아트플랫폼과

2011년을 이틀 남겨둔 날, 그간 쓰지 못한 연차를 냈다. 그즈음 인천아트플랫폼에서 문을 열었다는 〈숨은 고양이와 아기고래 창작 놀이터〉 전시를 보고 싶어서. 숨은 고양이는 이 근방에 많은 길고양이를, 아기고래는 인천 바다를 가리킨단다. 오래 하는 전시일수록 여유 부리다 놓친 적이 종종 있어서, 해를 넘기기 전에 가볼 요량으로 집을 나섰다.

인천역 일대에는 현대미술을 즐길 수 있는 공간이 점점이 흩어져 있다. 인천아트플랫폼 역시 가볼 만한 명소다. 일제강점기에 세운 일본 해운회사 건물과 대한통운 창고를 리모델링해 2009년 9월 복합문화공간으로 개관한 곳인데, 낡은 건물이라면 무조건 부수고 보는 개발지상주의를 거부하면서 오래된 것에서 새로운 가치를 찾는 곳이라 마음이 간다.

오후 느지막이 도착한 전시장 곳곳에는 고양이가 숨바꼭질하듯 그려져 있다. 유리 벽에는 길고양이가 주인공인 동화 내용이 적혀 있어서 전시 공간 전체가 한 권의 책이 되는 구조다. 미술관 앞마당에 밤이 오면 하늘의 별을 이어 그림 그리

고, 붓 대신 꼬리에 물감을 묻혀 그림을 그린다는 길고양이를 상상해본다. 어린이와 청소년을 대상으로 기획된 체험 프로그램이지만, 알록달록한 색연필을 보니 나도 오랜만에 뭐든 그려보고 싶어져서 아이들 사이에 앉아 스밀라를 그렸다. 이 프로그램을 기획한 작가가 미술관 근처에서 길고양이를 자주 마주쳤다면, 개항 당시 외국인 거주지였던 청일 조계지 경계 계단 근처에 사는 녀석들일 공산이 크다.

인천아트플랫폼에 들른 날이면 근처의 청일 조계지 경계 계단으로 향한다. 이곳에는 대안문화공간 '낙타사막'이 있다. 언뜻 여느 카페처럼 보이지만 2층에서는 때때로 젊은 작가들의 기획전이 열리고 1층은 도록과 독립출판물을 판매하는 간이서점 역할도 겸한다. 게다가 가게 입구에는 길고양이를 위한 밥그릇과 물그릇이

늘 놓여 있으니 책과 미술과 고양이를 좋아하는 사람에겐 안성맞춤이다. 최근에는 '무지개다리'라는 이름으로 사람들을 맞이하고 있지만 공간 성격은 그대로다. 무지개다리 너머가 동물들에게 배고픔도 고통도 없는 이상향을 상징한다면, 오히려 이곳과 더 잘 어울리는 이름을 얻은 셈이다.

조계지 경계 계단 양쪽으로는 오래된 집들이 남아 있다. 옥상과 계단, 골목 어딘가 사람들의 눈에 띄지 않는 곳에 길고양이가 드문드문 숨어 몸을 누인 채 쉬고 있다. 멀리 계단 꼭대기에 앉아 먼 곳을 바라보는 길고양이가 눈에 밟혀 다가가본다. 하지만 계단이 주택 안쪽으로 나 있는데다 담벼락에 가려 가까이 갈 수가 없다.

아쉬운 대로 옆으로 돌아가 까치발을 해보니 어쩐지 길고양이 엉덩이가 여느

고양이보다 길다 싶다. 가만히 보니 바로 곁에 노랑무늬 고양이 한 마리가 더 있었던 게다. 하지만 두 마리로 끝난 것이 아니었다. 처음 본 길고양이 뒤에 숨어 있던 고양이가 고개를 번쩍 드니, 바로 뒤에 또 다른 노랑 무늬 고양이 한 마리가 또 있었다. 생김새로 보아 가족 같은데, 한 녀석이 움직이면 다른 녀석도 슬그머니 따라 나선다. 추위를 피하느라 다닥다닥 몸을 붙이고 있는 동안 뻣뻣해진 네 다리를 쭉 뻗어 기지개를 켜고, 다시 저녁 먹이를 구하러 차이나타운을 누빌 준비를 마친다.

태백 탄광마을을 지키는 고양이

　석탄 산업이 활황이던 시절, 태백 탄광촌에서 전설처럼 전해오던 이야기가 있다. 한참 잘나갈 때는 지나가던 개도 만 원짜리를 물고 다녔다는 말. 그런데 왜 하필 개였을까? 그 시절 탄광촌을 어슬렁거리는 개는 많았어도 고양이는 드물었을까. 궁금한 마음을 안고 태백시 상장동의 남부마을을 찾아가본다.

　마을 초입에 들어서자마자 광부들을 그린 대형 벽화가 눈길을 사로잡는다. 요즘 각 지자체에서 경쟁적으로 그려넣는 벽화는 예쁘고 귀여운 그림이 대부분이지만, 남부마을에는 탄광촌의 역사를 담은 벽화들이 주종을 이룬다. 황금을 뜻하는 벽화의 샛노란 바탕색은 과거의 영화로운 시절을 상징하는데, 쇠락해가는 마을에 희망을 불어넣으려는 염원이 담겨 있다고 한다. 탄광촌에 갓 들어온 신입 광부를 '햇돼지'라 불렀다는데, 그 때문인지 돼지 모습의 광부 캐릭터가 마을 곳곳에 그려져 있어서 이채롭다. 아무 개연성 없이 예쁘기만 한 그림보다 내가 사는 골목에 우리 동네의 이야기를 담은 그림이 더 설득력 있지 않나 싶다.

　골목골목 이어지는 좁은 길은 길고양이가 숨어들기 좋은 구조다. 어쩐지 길고

양이와 만날 것 같은 예감은 어긋나는 법이 없어서, 화단에서 시원하게 볼일 보는 녀석과 눈이 딱 마주쳤다. 등을 둥글게 세우고 발가락에 힘을 준 모습으로 보아 '큰 볼일'을 보는 게 분명하다. 얼굴에는 "내 사전에 '누다 마는 법'은 없지!" 하는 결연한 의지가 엿보인다.

시원하게 볼일을 마친 길고양이는 대로변을 향해 사뿐사뿐 걸음을 옮긴다. 낯선 곳에서 길고양이를 만나면 꼭 해보는 일이 있다. 고양이 울음소리의 높낮이와 억양을 흉내 내면서 고양이 말을 건네는 거다. 혹시 통할까 싶어 "앵!" 하고 말을 붙였더니 뜻밖에도 녀석이 만색하며 "애앵~" 하고 답해온다. 외국에서 같은 나라 사람을 만났을 때처럼 열렬하게 반가움을 표하는데 내 귀에는 "너 어떻게 고양이 말을 할 줄 알아?" 하며 폭풍수다를 떠는 것처럼 들렸다.

하지만 유아어 수준의 고양이 말을 흉내 내는 실력으론 녀석의 말을 다 알아듣기 힘들었다. "응, 아니, 안녕" 정도의 간단한 말만 겨우 의사소통하는 수준이니

난감할 수밖에. 외워서 말한 게 어쩌다 들어맞은 거라고 고백하고 싶어도, 그 복잡한 말을 어떻게 옮길 것인가. 게다가 녀석 울음소리가 어찌나 큰지 골목이 떠나갈 것 같았다. 한 아주머니가 고양이를 내쫓을 기세로 막대기를 들고 다가오는 모습에 고양이도 나도 화들짝 놀라 뿔뿔이 흩어진다.

목청 큰 고양이와 작별하고 마을을 한 바퀴 돌아본다. 아직 연탄난로를 쓰는 집이 적지 않은지 연탄재가 화단에 한 무더기 쌓여 있다. 연탄재 속에서 뭔가 꼬물꼬물 움직이는데 아직 어린 삼색 길고양이다. 4월 중순에도 찬바람이 쌩쌩 불던 태백에서 온기가 남은 연탄재 무더기는 아기 고양이에게 따뜻한 쉼터가 되어준다. 퇴비를 만들기 위한 음식물쓰레기까지 있으니 여기처럼 명당도 없었을 터였다.

숨은 자리를 들킨 삼색이는 짧은 다리를 열심히 놀려 노란 담장 안쪽을 향해 달아난다. 세월이 흐르면서 한때 부유했던 탄광마을도 쇠락의 길에 접어들었지만 길고양이가 숨어들 골목은 아직 그대로다. 만 원짜리를 물고 다녔다는 강아지 그림 곁에 길고양이도 슬그머니 들어앉으면 좋겠다.

전주 한옥마을 고양이 가족

수필가 권오분 선생님을 뵈러 갔다가 그 집에 살던 길고양이 이야기를 들었다. 선생님이 그리로 이사하기 전부터 지붕에서 살고 있었다던 고양이. 고요히 집에 있으면 머리 위에서 우다다 뛰는 소리도 들렸다지만, 딱히 고양이를 좋아하지 않아도 그냥 뒀다고 하신다. "나보다 이 집에 오래 살았는데 어쩌겠어" 하며 웃으시기만 할 뿐. 돈으로 살 수 없는 시간을 지불하고 먼저 그 집에 깃든 고양이의 존재도 인정해주신 것이다.

오래된 집에는 오래된 인연이 있는 법이니, 혹시 그런 인연 하나 만날 수 있을까 싶어 전주 한옥마을을 찾아간다. 하지만 껍데기만 한옥을 흉내 낸 상업시설들이 진짜 한옥을 잠식해가는 현상은 한옥마을에서도 예외가 없다. 오래된 동네가 관광지로 변해가면서 고유의 모습을 잃어갈수록 길고양이도 골목 안으로 숨어버리는 통에 만나기가 어려워진다.

제법 오래 골목을 걸었는데도 길고양이가 나타날 기미가 없어 오늘은 인연이 없나 보다 하고 발걸음을 돌리는데, 어디선가 귀를 훅 잡아끄는 울음소리가 들린

다. 영역을 침범당한 길고양이가 흔히 내는 경계심이 잔뜩 담긴 소리다.

가만 보니 커다란 금방울을 단 고양이가 담벼락 위 카오스 고양이를 향해 앙칼지게 울부짖고 있었다. 금방울 고양이는 급기야 담장 위로 훌쩍 뛰어오르더니 카오스 고양이를 쫓아내고 전망 좋은 곳에 자리를 잡고 앉는다. 덩치는 작은데 기세만큼은 당당하기 짝이 없다. 목에 커다란 금방울을 단 것으로 보아 집고양이가 아닌가 생각했는데, 앞집 민박집 아저씨 말로는 돌보는 사람이 있지만 원래 길고양이인 것 같다고.

까치발을 하고 카오스 고양이가 달아난 방향을 바라보니 지붕 아래 또 다른 녀석들이 보인다. 새끼들을 거느린 젖소 무늬 고양이다. 어미 고양이가 놀란 표정을 지었던 건 제 몸 걱정보다 은신처를 들킨 불안 때문이겠지. 얼음처럼 맑은 푸른빛 눈동자의 흰 고양이와 오드아이 고양이, 코끝이 까만 젖소 무늬 고양이가 각각 한 마리씩, 네 마리가 지붕 아래 빈틈에 살고 있다.

골목에서 흰 고양이를 만나면 마음이 짠해진다. 여느 가정에서 집고양이로 태어났다면 예쁨 받고 지냈겠지만, 하얀 길고양이는 길에서 살아남기가 여느 고양이보다도 불리하다고 한다. 얼룩무늬 위장복을 입은 친구들과 달리 털 빛깔 때문에 눈에 잘 띄어 발각될 확률도 커지기 마련이라고.

길고양이 만날 때마다 주려고 갖고 다니는 사료와 간식 캔을 담벼락 위로 올려주니, 콧잔등에 까만 때가 묻은 고양이들이 고소한 냄새를 맡고 은신처에서 나와 맛을 본다. 좁은 통로를 따라 줄줄이 소시지처럼 나오는 녀석들이 귀엽다. 저녁노을을 등지고 석상처럼 앉은 금방울 고양이와 작별하고 한옥마을을 떠날 준비를 한다.

길고양이 따라 군산 해망동 한 바퀴

　군산 일대에 조성된 벽화마을 중에서도 비교적 초기인 2006년 벽화 작업이 완성된 해망동 초입에는 천야해일(天夜海日)이라는 글귀가 적혀 있다. '하늘은 밤이로되 바다는 낮이로다'라는 뜻을 담았다고 한다. 군산항이 물류의 중심지였던 시절에는 한밤중에도 이 일대가 화려한 불빛으로 빛나 대낮처럼 밝았다는데, 거기에서 유래한 이름이다. 영화롭던 과거의 해망동을 공공미술로 다시 한 번 되살려 보려는 뜻이 그 이름에 담겨 있다.

　사연 없는 산동네가 없듯이 해망동 역시 한국전쟁 당시 피난민들이 이곳에 집을 짓고 살면서 가파른 계단과 미로 같은 골목으로 이어진 마을을 이루었다. 2006년 말경 천야해일 프로젝트의 일부로 '노모정 보일러 놓기' 소식을 잡지에 소개하면서 해망동과 인연을 맺은 적이 있어서 그간 마을이 어떻게 변화되었는지도 궁금했다. 어르신들 겨울을 따뜻하게 나시라고 보일러를 놓아드리는 행사였는데, 노인정이 아니고 왜 노모정인가 했더니, 할머니들을 모시는 곳이라서 그렇단다.

　비탈 따라 가파르게 이어진 계단을 올라가는데 길고양이 한 마리가 주춤하고 이쪽을 보더니 잽싸게 달아난다. 녀석 걸음이 어찌나 빠른지 꼬리조차 보이지 않을 지경이다. 하지만 당장 길고양이가 사라져도 서두르지 않는다. 골목길에 앉아 숨을 돌리거나 슬렁슬렁 걸으며 근처를 탐색하다 보면 길고양이가 멀지 않은 곳에서 눈치를 살피고 있기 마련이다.

숨바꼭질하듯 나타났다 사라지기를 반복하는 고양이를 따라 가파른 계단을 오르는 동안 다리는 후들거리고 숨이 턱까지 차오른다. 그래도 포기할 수 없어서 기어이 마을 꼭대기까지 오르고 말았다. 좁은 통로를 지나 막다른 벼랑으로 나왔을 때 나도 모르게 탄성을 질렀다. 고양이는 벌써 저만치 먼 곳으로 달아나버렸지만, 맞닿은 지붕 너머로 마을 전경은 물론 군산항이 한눈에 보인다. 바다를 바라본다는 뜻의 동네 이름이 왜 나왔는지 알겠다. 덕분에 길고양이 가이드를 따라 최단시간에 마을 구경을 한 셈이 됐다.

고양이를 찾아 동네를 돌며 곳곳에서 공공미술작품을 볼 수 있었지만, 대부분 훼손된 모습이었다. 일회성 프로젝트가 끝나고 작가들이 떠나면 사후관리 없이 방치되어 결국 이런 모습이 되기 쉽다. 한때 마을 주민들의 이야기를 전하던 '이재영 동네역사관'도 이제 텅 비고 길고양이만 찾아오는 폐가로 변했다.

고양이가 사라진 방향의 반대편으로 돌아가본다. 낡은 건물과 건물 사이, 30센티미터쯤 떨어져 있을 법한 건물 사이의 틈 뒤로 아까 만났던 녀석이 보인다. 커다란 두 건물과 대조되어서인지 고양이 몸집이 더욱 작아 보인다. 나도 길고양이 따라 계단을 오르내리느라 힘들었지만, 고양이도 "오늘따라 집요한 인간을 만나서 힘들었네" 하고 불평할지도 모르겠다. 미안한 마음에 모델료 삼아 사료를 내려놓고 돌아선다. 사람들 눈길이 잦아든 한밤중이면 길고양이도 냄새 맡고 내려와 오래간만에 별식을 맛볼 것이다.

고양이와 고래가 함께, 울산 신화마을

2009년 1월 경북 포항에서 국내 최초로 고양이고래가 목격됐다는 기사를 읽었다. 고양이처럼 생긴 고래인가 싶었는데 그건 아니고, 범고래 무리에 속하지만 몸 길이가 최대 2.7미터밖에 되지 않아 그렇게 부른단다. "성격과 특징은 고양이를 연상하면 된다"는 부연 설명을 보고 상상이 안 돼서 좀 웃었다.

고양이고래는 쉽게 만날 수 없지만, 고양이 그림과 고래 그림이 사이좋게 어우러진 풍경이라면 언제든 볼 수 있는 곳이 고래 벽화와 조형물로 유명해진 울산 남구 야음동 신화마을이다. 장생포 고래문화특구와 가까운 지역 특성을 반영해 마을을 관통하는 큰길에 고래를 그려넣거나 고래 조형물을 설치했는데, 사이사이에 고양이가 끼어든 것이다. 길고양이가 많은 마을이라 그런 모양이다. 비탈길 따라 마을로 올라가다 보면, 고래와 고양이가 노란 배 모양의 집 지붕에 올라서서 마을을 내려다보는 풍경도 눈에 들어온다.

신화마을은 1960년대 울산화학공단이 조성되면서 생긴 이주민들이 모여 만든 마을이다. 주민 대다수가 60대 이상 노인층인 데다 고단한 일상에 치여 마을을

347

정비할 여력이 없었다. 침체된 마을에 생기가 돌기 시작한 건 2010년 마을미술 프로젝트 대상지로 선정되면서부터였다. 프로젝트가 끝난 뒤에도 울산을 기반으로 활동하는 화가들이 큰길 양쪽으로 이어지는 골목에 새로운 그림을 채워 넣으면서 꾸준히 벽화가 늘어, 현재 마을에 있는 벽화 골목만 열여덟 개에 달한다.

마을의 변화는 벽화로 끝난 게 아니었다. 비가 오면 질척거렸던 바닥도, 노후 전기시설도 말끔히 정비됐다. 벽화를 계기로 주민의 삶도 조금이나마 개선된 것이다. 2012년 11월 마을기업 '아트팩토리 신화'가 생기면서 주민들과 함께하는 수익사업도 추진되고 있다고 한다. 비탈길 따라 쭉 올라가다 보면 오른편으로 보이는 매점이 신화마을에서 운영하는 마을기업이다. 간단한 음식과 차를 팔고, 작가들이 만든 소품들도 판매한다. 가게에 비치된 선반이나 진열장 위에도 실제 고양이들이 돌아다니는 것처럼 그림이 그려져 있어 재미있다. 또한 마을회관을 보수해서 만든 마을미술관이 있어서, 이곳에 들르면 신화마을 벽화가 담긴 엽서에

소원을 적어 원하는 곳으로 보낼 수 있다. 미술관 옆 빨간 우체통에 엽서를 넣기만 하면, 모아뒀다가 1년 뒤에 주소지로 보내준단다.

오전에는 길고양이가 보이지 않더니, 관광객이 빠져나가는 오후가 되자 하나둘 나타나기 시작한다. 신화마을 벽화에 고양이가 유독 많이 그려진 데는 다 이유가 있었던 모양이다. 담벼락 앞에 한가롭게 누워 있다가 동네 구경을 시켜주겠다고 일어서는 카오스 무늬 고양이를 따라가본다.

골목에서 고양이들이 다투는 소리가 들려 다가가보니, 삼색 고양이 얼굴에 단단히 독이 올랐다. 입술을 O 자 모양으로 벌리고 "오오옹~" 하며 입으로 사이렌을 울리고 있다. 보통은 사람이 가까이 가면 그쪽에서 먼저 달아나기 마련인데, 나를 거들떠보지도 않고 친구 얼굴만 째려보는 걸 보니 제대로 화가 난 모양이다. 고양이 아줌마들 싸움에 잘못 끼어들었다간 나까지 혼날 것 같아 슬그머니 자리를 피해준다.

부산의 마추픽추, 태극마을 고양이

　부산에는 산복도로(山腹道路)가 유난히 많다. 천마산 아래 자리 잡은 감천동 태극마을 역시 산복도로를 따라 들어서 있다. 한국전쟁 때 피난민 일부가 이곳에 정착해 집을 짓고 살았는데 당시 태극도 신자들이 많았던 까닭에 '태극마을'이라는 별칭이 생겼다. 태극마을이 벽화로 이름나기 시작한 건 2009년 '꿈을 꾸는 부산의 마추픽추' 공공미술 프로젝트가 시행되면서부터였다. 이 프로젝트가 좋은 반응을 얻고 2010년 '미로미로' 프로젝트로 이어지면서 마을도 활기를 띠었다.

　골목 걷기의 시작점인 감천초등학교에서 태극마을로 내려가는 비탈길 초입은 경사가 만만치 않다. 길가에 주차한 택시가 아래로 굴러 내려올까 싶어 굄목을 끼워둬야 할 만큼. 경사진 길 때문에 손수레가 먼저 굴러갈까 바짝 잡아당기며 걷는 동네 주민의 발걸음도 나만큼이나 조심스럽다.

　하지만 태극마을 길고양이는 비탈길에서도 거침없다. 매일같이 오르내리며 다리 근육을 단련한 덕분일까. 내가 따라붙는 기척을 느낀 고양이는 잠시 택시 아래 숨었다가, 계단을 잽싸게 뛰어 내려가 빼곡한 집들 사이로 사라진다. 달아나는 고

양이를 거의 따라잡았다고 생각하면서 담벼락을 돌았을 때 길이 끊겼다. 아마 사람이 따라오지 못할 길을 외워뒀다가 대피하는 모양이다.

고양이가 사라진 자리에서는 길이 끊긴 대신 전망이 탁 트여 마을이 한눈에 내려다보인다. 각자의 취향 따라 벽을 칠해 알록달록해진 집들이 산비탈을 따라 빼곡하다. 평지에 조성된 주택보다 불편한 점이 많을 수밖에 없지만, 부산의 역사를 담은 공간으로 보존될 움직임이 보인다. 간혹 독특한 무늬의 집들도 눈에 띈다. 젖소 무늬 고양이를 닮은 흑백 얼룩무늬의 집, 머그컵 손잡이를 연상시키는 조형물이 있는 북카페, 등대 모양 집까지 다양하다. 방치된 빈집들이 '빛의 집' '어둠의 집' '평화의 집' 등 주제가 있는 전시 공간으로 거듭나고 사진 전시장이 만들어지면서 생긴 변화다. 공공미술 프로젝트가 끝났어도 전시장은 지속적으로 운영되어 생활 속 미술 공간으로 자리를 잡았다.

일반 주택 사이에 숨은 전시장을 찾아보려면 마을정보센터 '하늘마루'부터 들러보는 게 좋다. 옥상 전망대에서 마을 전경을 한눈에 볼 수 있고, 감천동 문화지도도 1,000원에 구입할 수 있어 골목 답사에 도움이 된다. 참고로 일곱 곳에 비치된 스탬프를 지도 뒷면에 다 찍어 하늘마루로 돌아오면 기념엽서도 받을 수 있다.

달아난 길고양이를 뒤쫓는 건 포기하고 마을을 관통하는 도로를 따라 걸어 내려간다. 고양이가 좋아하는 틈새를 유심히 들여다보며 걷다가, 마침내 지붕에 숨은 어린 노랑둥이를 발견했다. 눈이 마주치자마자 쏙 숨어버렸다가 다시 얼굴만 삐죽 내밀고 고개를 들어 나를 한참 올려다본다. 어린 고양이가 숨은 은신처 근처에는 어미도 있기 마련이라 혹시 다른 고양이를 만날 수 있을까 싶었다.

한데 어미는 어디로 마실이라도 갔는지 보이지 않고, 노랑둥이의 또래로 보이는 고동색 줄무늬 고양이가 살며시 다가와 눈치를 본다. 소심해서 몸을 드러내진 못하고 얼굴 절반만 삐죽 내밀어 머리 위를 살피는 모습이 귀엽다. 다음에 찾아왔을 때는 마음도 몸도 부쩍 자라서 맞이해주길.

흰여울길 길고양이 파라솔

서울로 오기 전 마지막 몇 년을 영도에서 살았다. 집에서 10분쯤 걸으면 동삼 중리 바닷가가 나오는 동네였다. 어른이 되고 나서 혹시나 해서 찾아가본 적이 있었는데, 20년 전에 살던 아파트가 아직 있어서 놀랐다. 심지어 아래층 아주머 니도 그대로 살고 계셨다. 내가 기억하는 공간은 그대로인데 나만 변했다고 생각 하면 기분이 묘해진다.

바다로 둘러싸인 동네에 살아서인지 그때는 바다가 귀한 줄 몰랐다. 하지만 어 린 마음에도 버스 타고 드나들며 보던 영선동 앞바다만큼은 탐났다. 매일 문을 열 고 나설 때마다 눈앞에 탁 트인 바다가 펼쳐지는 동네에서 산다는 건 어떤 느낌일 까 궁금했다. 어린 시절 기억 속에 담아두었던 영선동 길을 다시 걷는다.

영선동 일대는 요즘 흰여울길이란 새 이름으로 거듭나 사람들을 맞이하고 있 다. 흰여울길을 찾던 날 영도에는 우산살이 꺾일 만큼 거센 비바람이 불었다. 비 는 곧 잦아들었지만 바람은 여전했다. 이렇게 비바람 부는 날이면 길고양이들은 어디서 비를 피할지 궁금해진다.

두리번거리던 내 눈에 처마 밑에서 비를 피하는 어린 고양이가 들어온다. 코팩을 닮은 얼룩 밑에 짜장면 먹다가 국물 한 방울 튄 듯한 까만 점이 앙증맞다. 비를 피해 방금 이곳으로 들어선 듯, 고양이가 오도카니 앉은 마른 땅 주변으로는 물에 젖은 발자국이 또렷이 찍혀 있다. 빨간 벽돌 모양 타일에 몸을 기대고 있던 어린 고양이는 나와 눈을 맞추면서 잠시 비를 피하고 있다가 건물 틈새로 사라졌다. 건물과 건물 사이에 간격이 거의 없을 만큼 다닥다닥 붙여서 집을 지은 흰여울길에는 길고양이만 지나다닐 수 있는 좁은 길이 많다. 사람이 다니는 길 사이로 길고양이의 전용 샛길이 따로 생긴 셈이다. 고양이 샛길의 너비는 고작해야 30센티미터 정도. 고양이 두 마리가 함께 간신히 지나갈 수 있는 정도다. 사람 살기에는 조금 불편할지 몰라도 고양이가 살기엔 좋은 환경인 터라, 넓지 않은 이 동네가 자연스럽게 길고양이의 보금자리로 자리를 잡은 모양이다.

맑은 날 다시 찾아오리라 마음먹고 떠난 흰여울길을 다시 찾은 건 근 1년 만이었다. 그 사이 흰여울 문화마을이 조성되어 낡은 담장이 이어지던 곳이 벽화 골목으로 바뀌고, 작가들의 작업실도 새로 생겼다. 여행지에서 만난 길고양이와의 인연은 대개 한 번으로 끝나지만, 그날 반가운 얼굴을 만났다. 지난해 만난 젖소 무늬 고양이였다. 녀석은 그새 통통한 아줌마 고양이가 되어 새끼들을 키우고 있었다. 혹시 집에서 키우는 고양이인가 싶어 집주인 아주머니께 여쭤보니, 키우는 건 아니고 그저 밥만 준다며 멋쩍어하신다. 알고 보니 지난해 고양이가 비를 피하던 그 자리는 평소 밥 먹으러 오던 곳이었던 모양이다.

길고양이에게 뭔가 하나라도 더 해주고 싶었던지 아주머니는 맑은 날인데도 커다란 우산을 두 개 겹쳐서 펼쳐두었다. 유독 더웠던 그해 여름, 길고양이 가족의 피서를 위한 전용 파라솔이 생긴 셈이다.

바위틈에 숨은 동백섬 고양이

학생 시절만 해도 곧잘 어머니와 여행하곤 했는데, 회사에 들어가면서부터 어머니와 다니는 횟수가 줄어들었다. 잡지 마감이 없는 주말에 짬을 내어 고양이 여행을 떠나지만, 그 길에 어머니를 모시고 가기는 조심스럽다. 보통 고양이가 많은 동네 중심으로 동선을 짜는데, 어머니 연세를 생각하면 종일 산동네를 누비는 일정은 잡기 힘들다. 숙소나 식사도 혼자 다닐 때처럼 대충 해결하기 어려워진다.

그래도 큰 도시를 여행할 때면 어머니 모시고 시내 관광도 하고 고양이도 만날 수 있는 일정을 고민해본다. 어머니가 아직 건강하실 때 함께 고양이 여행자가 되고 싶어서. 혼자 고양이를 만나러 가던 그 길을 어머니와 함께 걷고, 한 풍경을 바라보며 도란도란 이야기할 수 있다면 좋겠다고 생각했다. 큰돈 벌어서 좋은 데 보내드린다고 차일피일 미루다 아무 데도 못 가는 것보다, 화려한 볼거리는 없어도 내가 사랑하는 것들을 보여드리는 여행을 하고 싶었다.

사실 누군가와 함께 고양이 여행을 떠난다는 건 쉽지 않은 일이다. 고양이를 좋아하고 골목길 걷기를 즐기는 사람에게는 즐겁겠지만, 누군가에겐 지루하고 힘든

여행일 수도 있을 테니까.

하지만 어머니는 골목 걷기 같은 사소한 일정도 즐거워했고, 고양이를 만나면 나보다 더 들떠서 좋아하셨다. 한때 고양이를 무서워했던 어머니는 함께 고양이 여행을 다니면서 어느새 든든한 길고양이 응원군이 되셨다. 그래서 어머니와 함께 떠나는 고양이 여행이 내겐 더욱 소중하다.

재미있는 건 나도 발견하지 못했던 길고양이를 어머니가 먼저 찾아내고 알려주신 적도 있다는 거다. 어머니와 함께 해운대 동백섬으로 나들이를 갔던 날도 예상치 못한 곳에서 길고양이를 만났다. 처음에는 "저기 고양이네!" 하고 외치는 어머니가 잘못 보신 게 아닌가 싶었다. 동백섬을 산책하는 동안 몇 마리 길고양이를 만나기는 했지만, 난간 아래 까마득히 먼 바위틈 아래는 아무리 봐도 고양이가 살 만한 곳이 아니었다.

그런데 어머니가 가리키는 곳을 자세히 보니 정말 울퉁불퉁한 바위틈 사이로 고양이가 웅크리고 있는 게 아닌가. 취객이 무심코 버렸음직한 소주병을 친구 삼

아 서늘한 바닷가의 칼바람을 견디며 돌바닥에 앉아 있다. 어쩌다 저 아찔한 곳까지 내려갔을까. 사람 사는 동네에서 견딜 수 없어 그곳까지 밀려간 건지, 새삼 고양이의 사연이 궁금해진다.

갖고 있던 먹을 것을 바위틈으로 떨어뜨려 주니 숨어 있던 얼룩 고양이가 서둘러 기어나와 냄새를 맡으며 이쪽을 올려다본다. 웬 먹을 것이 갑자기 하늘에서 떨어졌나 싶을 것이다. 동백섬 근처에 바다낚시를 금지한다는 푯말이 있지만 가끔 낚싯대를 던지는 사람이 있고, 바위틈에 촛불을 켜놓고 치성을 드리는 사람도 있어서 그분들께 고수레 음식을 얻어먹기도 하면서 연명하는 모양이다.

길고양이 때문에 동백섬이 몸살을 앓고 있다는 신문 기사를 언뜻 읽은 적이 있는데, 아마 녀석도 기사 속에 애물단지처럼 언급된 길고양이 중 하나였으리라 싶다. 끔뻑, 하고 말없이 보내는 눈인사에 나도 고양이를 마주보며 눈을 천천히 감았다 뜨는 '고양이 눈키스'로 화답해준다. 힘내라, 동백섬 고양이.

안좌도의 육상 선수 고양이

목포에서 배를 타고 다시 1시간 20분을 가야 나오는 전남 신안군 안좌도는 화가 김환기의 고향이다. 아침부터 서둘러도 당일 막배를 타고 나오려면 취재 시간이 빠듯해서, 1박 2일 일정으로 들어간 참이었다. 화가의 어린 시절에 대한 취재를 마치고 해질 무렵 저녁 먹으러 이동하는데, 김환기 화백이 한때 다녔다는 안좌초등학교 앞 공원에서 길고양이를 만났다. 고등어 무늬와 턱시도 무늬 고양이 두 마리가 오붓하게 앉아 속닥거리고 있다. 빛이 좋지는 않지만 해가 완전히 떨어지고 나면 딱히 할 일도 없을 터라 슬렁슬렁 녀석들을 따라가본다.

느닷없는 불청객의 방문이 마음에 들지 않았는지 고양이들은 둘 다 성큼성큼 뛰어 한 녀석은 건강원 뒷길로, 다른 녀석은 김환기 화백의 벽화가 그려진 담장 아래 개구멍으로 내달린다. 둘 중 하나만 따라잡아 보라는 뜻인가. 가방 질끈 메고 달려갔지만, 네 발로 달리는 길고양이를 따라잡기엔 내 뜀박질이 너무 느린 탓에 결국 놓치고 말았다.

아쉬운 마음으로 안좌초등학교 방향으로 올라가본다. 시골 섬마을 초등학교라

지만, 운동장에는 초록빛 인조잔디가 깔려 있고 육상 트랙도 폭신폭신한 우레탄 재질이어서 시설만큼은 도시 학교 못지않다. 하지만 수업이 끝나고 텅 빈 학교 운동장에는 아이들이 하나도 없고, 동네 주민 몇 분만 달리기나 걷기 운동을 하고 있을 뿐이다.

앗, 그런데 아까 달아났던 길고양이 한 쌍이 어느새 운동장에 와 있는 게 아닌가. 순식간에 이쪽으로 공간 이동이라도 한 것인지 알 수 없는 노릇이다. 한 녀석은 축구 골대 앞을 지키고 있고, 다른 한 녀석은 육상 트랙 위에 망연자실 앉아 있다.

반가운 마음에 연신 카메라 셔터를 누르고 있으니, 마스크를 끼고 빠른 걸음으로 걷던 아주머니가 가만히 앉아 있는 고양이를 흘깃 보면서 "저놈들이 사진 찍어

달라고 저러고 있는갑네" 하며 농담을 던진다.

아무도 자기에게 관심을 보이지 않아서 마음을 탁 놓고 있던 길고양이는 나와 눈이 마주치자 화들짝 놀라 슬금슬금 걸음을 옮긴다. 텅 빈 학교 건물을 향해 성급하게 걸음을 옮겨놓던 고양이는 교단 쪽으로 올라가더니 내가 따라오나 안 오나 궁금한 얼굴로 뒤를 돌아본다. 돌아보는 시간을 아끼면 그만큼 더 멀리 도망갈 수 있을 텐데, 위급한 순간에도 고양이의 호기심은 못 말리는 모양이다.

혹시 길고양이를 만날 수 있을까 반신반의했던 안좌도에서 반가운 기억을 또 하나 안고 떠난다. 고양이들은 일단 자취를 감췄지만 나무 밑에 사료를 놓아두면 냄새 맡고 찾아와 "이게 웬 떡이냐" 하면서 반길 게 분명하다. 오늘 하루 육상 트랙과 축구장에서 열심히 달린 녀석들이니 한 끼 몸보신이나 잘 하고 갔으면 좋겠다.

남해 시금치 닮은 길고양이

경남 남해 다랭이마을에서 취재 일정이 이틀 연달아 잡힌 터라 하룻밤 묵고, 이튿날 아침 일찍 마을을 한 바퀴 돌아본다. 바닷가가 보이는 주차장 끝에 고등어 무늬 왕 고양이가 웅크리고 앉아 먼 바다를 보고 있다. 몰래 등 뒤로 다가가 고양이의 시선이 닿은 곳을 본다. 해무가 끼었는지 바다와 하늘의 경계가 흐릿하다. 바닷바람에 실려 오는 갯것들의 냄새라도 맡았는지 고양이는 바다에서 눈길을 떼지 않다가 발소리가 가까워지고서야 잰걸음으로 달아난다.

바닷가 산자락에 자리 잡은 다랭이마을에는 산촌과 어촌의 느낌이 공존한다. 계단처럼 층층이 이어지는 다랑논만 보면 분명 산촌이건만, 바닷가에서 막 건져 온 미역 줄기를 치렁치렁 말리는 모습을 보면 또 어촌 같다. 산을 깎아 다랑논을 일구었어도 바다가 가깝다 보니 사람들도 바닷바람 맞으며 사는 일에 익숙하다. 남해 시금치가 유명해진 것도 이 바람 덕분이다.

흔히 다랭이마을 하면 계단식 다랑논을 떠올리는 사람이 많겠지만, 이곳은 '남해초'라 불리는 시금치의 산지로도 유명하다. 초겨울부터 이른 봄까지 다랑논에는

시금치가 지천으로 자라지만, 3월만 되어도 이미 끝물이다. 초봄까지 수확을 끝내지 못하면 꽃대가 오르기 시작해 잎사귀가 질겨지므로 제값을 받지 못한다.

남해 시금치는 민들레처럼 잎사귀를 활짝 펼쳐 땅바닥에 붙이면서 자란다. 거센 바닷바람을 견디다 보니 키는 땅딸막해졌지만, 겨우내 바닷바람 견디며 버틴 시금치의 생명력은 하우스에서 곱게 자란 것과는 비교할 수 없다. 그러고 보면 길고양이는 남해 시금치와도 닮았다. 척박한 환경에서도 주어진 삶을 우직하게 살아내는 점이 그렇고, 분홍빛 도는 시금치 뿌리 역시 오동통한 고양이 콧잔등과 꼭 닮았다. 시금치 사이로 조심스레 걸어가는 턱시도 고양이의 콧등도 딱 그 빛깔이다.

다랭이마을 길고양이들이 다랑논에서 종종 보이는 이유가 있다. 고양이도 가끔 풀을 먹긴 하지만 "나도 나물 한번 먹어보자" 하는 마음으로 다니는 건 아니고, 퇴비로 쓰려고 한데 모아둔 음식물쓰레기를 찾아 모여드는 것이다. 점심때 들른 식당에서 길고양이 밥을 챙겨주는 모습도 볼 수 있었다. 여기도 고양이를 싫어하는 사람이야 있겠지만, 사람과 맞닥뜨렸을 때 고양이의 표정이 한결 여유로운 것을 보면 그럭저럭 살 만한 동네인 모양이다.

비슷해 보이는 시골 돌담에도 알고 보면 지역적 특색이 있다. 바닷가 마을에는 대부분 돌로만 쌓은 강담이 많다. '여기도 어김없이 돌담이 많네' 하고 생각하면서 마을을 걷다가 저 멀리 담장 위 검은 형체에 눈길이 갔다. 검은 비닐봉지를 고양이로 종종 착각하곤 해서 이번에도 그런가 싶었는데, 쫑긋거리는 뾰족한 두 귀를 보니 검은 고양이다.

제법 가까이 다가갔는데도 고양이는 달아날 기색이 없다. "카~앙" 하고 입을 크게 벌리긴 했지만 위협하는 건 아니고 하품을 하는 거였다. 하품 덕에 완전히 잠이 깼는지 고양이는 누운 그 자세 그대로 발라당을 선보인다. 한쪽 눈을 찡긋하며 귀여움을 한껏 드러내는 길고양이. 작은 흑표범처럼 위엄 넘치는 모습이었다가 귀염둥이로 변신해 '반전 애교'를 선보인다.

고양이 섬, 거문도

  취재를 하다 우연히 만났든, 혹은 작심하고 고양이 여행을 떠났든 고양이를 만나는 일이 즐겁지 않았던 적은 없었다. 하지만 2008년 11월 여수 거문도로 향하던 날은 거문도 고양이들의 살처분 문제로 한참 떠들썩하던 때였기에 착잡했다.

  섬에서 고양이 문제가 불거진 건 2008년이 처음은 아니었다. 2003년 4월 29일자 『한국일보』에 따르면 그해에만 고양이 400여 마리가 살처분됐다고 한다. 그런데 불과 5년 만에 수가 다시 늘어난 셈이다. 대대적인 살처분이 있었는데 왜 고양이는 늘었는지, 더 근본적인 문제는 없는지 현장을 확인하고 싶었다.

  30여 년 전만 해도 고양이가 없던 섬에 쥐잡이로 데려온 고양이가 늘면서 수백 마리가 되었다는데, 거문도 고양이가 정확히 몇 마리인지는 의견이 분분했다. 2008년 10월 16일자 『경향신문』에서는 야생고양이가 780여 마리라 했고, 같은 해 10월 다도해해상국립공원 관리사무소 실측조사에서는 300마리라 했다. 삼산면사무소 측에 따르면 여기에 집고양이 100마리 정도가 더 있다고 한다.

  고도, 서도, 동도의 세 개 섬으로 이뤄진 거문도에서 가장 번화한 곳은 거문여

객선터미널과 면사무소가 있는 고도 쪽이다. 관광객이 빠져나가고 한적해진 여객선터미널 주변을 찬찬히 둘러본다. 시간이 일러서인지 유동 인구가 많아서인지 고양이는 큰길가에 거의 나타나지 않았고, 골목 깊은 곳의 길고양이는 눈만 마주쳐도 달아났다.

개는 묶어 키우지만 고양이는 자유방임형으로 키우는 집이 흔한 듯, 인간의 영역인 현관 앞에 머물며 사람을 기다리는 고양이가 눈에 띤다. 좁은 섬 안에서 길을 잃을 우려도 적고, 차가 거의 다니지 않으니 로드킬로 죽을 염려도 없어 자연스럽게 외출고양이가 되었으리라 싶다.

하지만 외출고양이와 길고양이가 공존하는 상황에서는 살처분으로 문제가 해결되지 않는다. 쥐잡이용 고양이에 대한 수요는 여전하기에 키우던 고양이가 집을 나가면 다른 고양이를 데려오게 되고, 그중 일부가 다시 길고양이가 되는 일이 반복되면 결국 길고양이도 줄지 않는다. 변변한 동물병원 하나 찾기 힘든 거문도에서 쉬운 일은 아니겠지만, 고양이들의 중성화 수술이 고려되어야 하는 것

은 그 때문이다. 쥐를 몰아내려고 고양이를 데려온 만큼 섬에서도 고양이가 몰살되는 걸 원하는 건 아니었기에, 적정 개체 수를 유지하면서 쥐도 잡을 수 있는 방안이 필요했다.

그래서 2009년 4월 서울·광주 지역 수의사 선생님들과 동물보호단체, 애묘인이 힘을 합쳐 거문도 고양이의 중성화 수술 의료봉사에 나섰다. 이 기간 중 80마리가량이 중성화 수술을 받고 방사되었다. 회사를 다닐 무렵이라 주말에만 거문도에 머물 수 있었는데, 중성화 수술 의료봉사에 대한 현지 분위기가 부정적인 것만은 아니었다. 이장님 이야기를 들어봐도 살처분이든 중성화 수술이든 하루빨리 대책이 시행되어 고양이로 인한 불편이 줄어들기를 바라는 경우가 대부분이었다.

평소 섬에서 동물 진료를 받을 기회가 흔치 않기에 가급적 많은 분들이 참여해서 집고양이 중성화 수술에도 관심을 가져주길 바랐지만 쉽지 않은 일이었다. 그러나 소수라도 공감해주는 분들을 뵙게 되어 다행이었다. 의료봉사 취지를 듣고 중성화 수술을 해주고 싶다며 키우는 고양이들을 직접 배로 데려온 청년도 있었다. 배를 타고 바다를 건너던 고양이의 의연한 표정과, 무릎에 안긴 고양이를 정답게 쓰다듬던 청년의 손길이 아직도 기억에 남는다.

단기 의료봉사만으로 거문도 고양이 문제가 해결될 수는 없을 것이다. 그러나 살처분만 고양이 문제의 해결책으로 써온 거문도에서 기존과 다른 선례를 남겼다는 점만큼은 고무적이다. 사람과 고양이의 공존을 고민하는 시도들이 또 다른 희망의 싹이 되리라 믿는다.

섬 고양이의 먹이 구하기

거문도에서 고양이가 골칫거리로 전락한 건 쥐를 잡으라고 데려온 녀석들이 생선을 노리면서부터라고 한다. 그 말을 듣고 실제로 거문도 고양이가 먹을 것을 구하는 경로가 궁금해졌다. 지켜본 바로는 크게 세 가지 유형으로 나눌 수 있을 것 같다.

첫 번째는 쓰레기장에서 먹이를 찾는 경우다. 동도와 서도에서는 공동 쓰레기장에서 쓰레기를 소각하는데, 생활 폐기물과 함께 버려지는 음식물은 섬 고양이가 가장 구하기 쉬운 먹잇감이다. 고양이를 찾아 들렀던 동도 죽촌리 공동 쓰레기장에서는 서너 마리가 먹을 것을 찾아 배회하고 있었다. 땅속으로 스민 쓰레기가 양분이 됐는지 노란 유채꽃이 흐드러지게 피었지만, 쓰레기장을 둘러싼 꽃그늘 아래에는 길고양이들이 재투성이가 되어 먹이를 찾고 있다.

소각이 끝난 지 얼마 되지 않은 쓰레기장에서는 연기가 가늘게 피어오른다. 쓰레기를 모으느라 지형이 우묵해 마치 화산 분화구 같다. 동도의 건너편에 있는 서도리에서도 쓰레기장에 고양이가 모여드는 사정은 비슷했다.

두 번째는 해변으로 밀려온 물고기나 사람이 버린 음식찌꺼기를 주워 먹는 방

법이다. 동도 유촌리 해변에서 만난 검은 고양이가 그랬다. 파도에 밀려온 하얀 살점을 발견하고 다가가는 녀석의 발걸음이 조심스럽다. 비늘이 벗겨져 형체를 알아볼 수 없지만 지느러미가 달린 걸 보면 물고기가 틀림없다. 물이라면 질색이지만 섬에서 살려면 바닷물에 발이 젖는 일쯤은 감수해야 한다는 것을 고양이도 안다. 이틀은 너끈히 먹을 식량을 확보한 녀석의 발걸음도 마음만큼 가벼워 보인다.

세 번째는 주민들이 잡은 물고기에 손을 대는 경우인데, 민원이 들어오는 것도 이 때문이다. 거문도 내에서도 섬에 따라 고양이의 행동 양식은 조금씩 차이가 있다. 유동 인구가 많은 고도에서는 말려둔 생선에 대담하게 손을 대는 길고양이를 만나기 어려웠던 반면, 동도 길고양이들은 좀 더 적극적이었다. 민박집 손님이 장을 봐 온 상자에 코를 들이미는 녀석도 있었다. 고양이 입장에선 살아남기 위한 방법이지만, 고양이와 한동네에서 지내야 하는 주민들 입장에서는 지긋지긋한 일이다.

　농촌에서 고라니나 멧돼지로 인해 농작물 피해를 입듯, 거문도에서도 고양이로 인한 피해가 분명 있을 것이다. 심리적으로든 물질적으로든 피해를 입은 주민이 있다면, 고양이가 어떻게든 없어졌으면 하고 바라는 마음도 생기기 마련이다. 그러나 앞으로도 고양이가 쥐를 잡아 섬을 지키는 역할을 계속해야 할 상황이라면, 무조건적인 살처분보다 그들과 어떤 식으로 공존할지에 대한 모색도 필요해진다. 섬에 고양이를 처음 데려온 것도, 고양이가 지금처럼 늘어난 것도 사람이 만든 결과이기에 결국 매듭을 짓는 것도 사람의 몫으로 남는다. 예컨대 일본 미야기 현의 다시로지마에서는 상품성이 떨어지는 잡어나 생선 부산물을 고양이에게 내주며 공존을 시도해온 사례가 있다. 해외 사례를 한국에 기계적으로 대입할 수는 없겠지만, 다른 방식의 공존도 가능함을 보여주는 사례이기에 관심 갖고 지켜보게 된다.

거문도 고양이, 3년 만의 해후

2009년 거문도 고양이들과 작별하고 동도를 다시 찾은 것은 근 3년 만의 일이었다. 중성화 수술을 받은 표시로 한쪽 귀 끝을 내주고 방사된 길고양이들은 무사히 적응했을까. 녀석들 중에 한 마리라도 꼭 다시 만나고 싶어 찾아간 동도에서, 아침부터 해변에 나와 먹을거리를 찾던 삼색 고양이와 만났다. 미모의 아가씨 고양이인데 기억을 더듬어도 못 봤던 얼굴이다. 하긴 3년이라는 시간이 흘렀으니 그동안 섬 고양이의 세대교체도 자연스럽게 이뤄졌을 것이다.

삼색 아가씨 외에도 바닷가로 떠내려온 해산물과 사람들이 버린 음식 찌꺼기를 주워 먹으며 아침을 해결하는 길고양이가 드문드문 눈에 띄었다. 아침나절의 해변은 여전히 길고양이가 입맛 따라 골라먹을 수 있는 공짜 해산물 식당이다. 값비싼 횟감은 없지만 주린 배는 그럭저럭 채울 수 있으니 말이다.

배를 채우고 부두 근처를 어슬렁거리던 삼색 아가씨를 향해 고등어 무늬 수컷이 슬금슬금 다가선다. 두 마리 고양이가 입술을 부비며 반갑게 아침 인사를 나누는 동안 분위기가 제법 무르익었다고 생각했는지, 고등어 녀석이 삼색 아가씨의

목덜미를 물면서 등 위로 올라탄다. 이른바 짝짓기 자세다. 하지만 가벼운 인사 정도나 할 생각이었지 마음의 준비가 안 된 삼색 아가씨는 깜짝 놀라 고등어 녀석을 밀쳐내고 달아난다. 언짢은 듯이 몸을 털고 고개를 젖히는 새침한 얼굴이 "아니, 이 남자가?" 하는 표정이다. 덕분에 고등어 녀석만 머쓱하게 됐다. 아무래도 마음만 급해서 서두른 것이 패착 아니었나 싶다.

삼색 아가씨의 행동을 가만히 보니 얄팍한 수작에 호락호락 넘어갈 고양이는 아니다. 동네 강아지가 쭈뼛쭈뼛 다가와도 "어, 왔니?" 하는 얼굴로 당당히 자리를 지키고 있으니 말이다.

길고양이를 찍다가 잠시 쉬고 있자니 아주머니 한 분이 뭘 찍느냐며 조심스럽게 말을 붙여 온다. 여행도 하고 고양이도 보고 싶어서 왔다 했더니 "고양이 때문에 하도 여기저기 시끄러워서……" 하고 말을 흐리신다. 무슨 고발 기사라도 쓰려고 왔는가 싶어 경계하는 눈빛이다. 사람이 필요해서 섬에 데려온 고양이가 사람 때문에 수난을 겪게 된 것도 딱하지만, 그간 주민 분들이 겪었을 마음고생도 짐작되어서 마음이 착잡해진다.

반나절 정도 동도를 돌아보는 동안 만난 고양이만 대여섯 마리. 한바탕 논란이 지나간 자리에 사람도 고양이도 무심하게 각자의 삶을 이어가고 있다. 여전히 동도에는 고양이가 많았지만 한쪽 귀 끝이 짧은 TNR 고양이는 눈에 띄지 않았다. 녀석들을 만나는 건 다음 기회로 미뤄야 하나. 반쯤 포기하고 고도까지 데려다줄 나룻배를 기다리는데, 부둣가에서 익숙한 귀 표식을 한 녀석이 얼굴을 내민다. 3년 전에도 부둣가 바위틈에 숨어 살던 고양이들이 있었는데, 그때 본 노랑둥이 중 한 녀석 같다. 다른 고양이들에 비해 유달리 조심스럽던 녀석의 반응은, 3년 전 사람에게 잡혔다가 풀려난 뒤에 생긴 경계심 때문인지도 모르겠다. 거문도 고양이를 기억할 마지막 증표로 녀석의 사진을 고이 담아 온다.

고양이 여행자가 되는 법

가끔 고양이가 많은 동네를 추천해달라는 분들을 만난다. 한갓지고 오래된 마을에는 길고양이가 있기 마련이라, 내가 찾아가는 장소도 대개 그런 곳이다. 벽화마을로 유명한 동네나 고양이가 많은 섬마을이라면, 고양이를 만나지 못해도 그 지역에서만 접할 수 있는 풍경이 있기에 아쉽지 않다.

　하지만 꼭 멀리 떠나는 것만 고양이 여행은 아니다. 나의 고양이 여행도 처음에는 동네 길고양이를 관찰하는 것에서부터 시작되었으니까. 처음에는 길고양이가 잘 보이지 않을지도 모른다. 그러나 주의 깊게 살피면 길고양이가 없을 것만 같던 곳에서도 그들을 만날 수 있다.

　고양이를 만났다면 간단하게나마 그들의 일상을 기록해보시길. 그러면서 길고양이에 대한 이해도 애정도 깊어지기 마련이다. 고양이와 눈 맞추고 마음을 나누는 순간, 당신의 고양이 여행도 이미 시작된 것이다. 그곳이 어디라 할지라도.

세계로 떠나는
고양이 여행

고양이에 관심을 갖다 보면 다른 나라 고양이들의 삶에도 자연히 마음이 가기 마련이다. 세계로 떠나는 고양이 여행도 그렇게 시작됐다. 애묘 문화가 발달한 일본과 타이완의 고양이 마을을 거닐고, 고양이를 행운의 상징으로 널리 알리는 복고양이 축제에 참여하고, 유럽의 반려동물 문화를 살피며 인간과 고양이의 공존 사례를 수집하는 데 적잖은 도움을 얻었다.

고양이 여행을 시작할 때는 무작정 여기저기 찾아가기보다 자신만의 특별한 주제를 정해 다녀오는 편이 더 오래 기억에 남는다. 그 나라 특유의 고양이 문화가 담긴 장소나, 현지 고양이 문화를 일별할 수 있는 장소라면 찾아가볼 만하다. 오래된 골목 외에 묘지나 공원 등 녹지가 많은 곳에서도 종종 길고양이를 만날 수 있다. 또 서점에서는 고양이와 관련된 최신 정보를 접할 수 있다.

이번 글에는 고양이 마을 탐방, 복고양이 축제 참여, 반려동물 묘지 방문, 이색 책방에서 고양이 기념품 사기, 공원묘지에서 산책 고양이 만나기 등 다섯 가지 주제를 간략하게 다뤄보았다. 고양이를 좋아한다면 일반적인 여행 경로에 고양이 여행지를 한두 곳 추가하면서 추억을 만들어보자.

타이완 호우통(候硐)

탄광촌이었던 호우통이 고양이로 유명해진 건 '고양이 부인(猫夫人)'이란 닉네임으로 유명한 작가 첸 페이링(簡佩玲) 덕이다. 그는 2007년부터 호우통 고양이에 관심을 갖고 중성화 수술과 백신 접종을 후원하며 블로그(www.wretch.cc/blog/palin88)에 호우통 소식을 전했다. (사)타이베이319애묘협회에서도 후원 상품 판매와 모금으로 길고양이를 돕는다. 주민들도 고양이 4대 천왕과 고양이 역장 등을 홍보하며 '지속 가능한 고양이 마을'을 만들고 있다. 타이완 지선열차 핑시(平溪)선 1일권 노선 내에 호우통 역이 있어, 초행길이라도 어렵지 않게 찾아갈 수 있다.

주소 新北市 瑞芳區 光復里 柴寮街 일대

일본 야나카(谷中)

대도시 도쿄에서도 한가로운 정취가 느껴지는 야나카는 닛포리(暮里) 역에 내려 도보로 돌아볼 수 있다. 고양이를 사랑하는 사람들이 특색 있는 가게를 운영해 애묘인들에게 인기를 끌고 있다. 길고양이 점원이 있는 찻집 '넨네코야', 고양이 작가들의 전시장인 '네코마치 갤러리', 안경 쓴 고양이 료스케가 있는 '카페 란포' 등 일상 공간에서 만나는 고양이들이 정겹다. 재래시장 야나카 긴자 쪽으로 이어지는 계단인 '유야케 단단'과 공원묘지 '야나키 레이엔'은 길고양이가 종종 출몰하는 장소로 유명하다. 야나카 긴자에서는 고양이 꼬리 모양의 도넛도 판다.

주소 東京都 台東区 暮里駅 일대

Trip 2. 일본 복고양이 축제 참여

세토(瀬戸) 시 복고양이 축제

앞발을 들어 손님과 재물을 부르는 복고양이 인형 '마네키네코(招き猫)'를 주제로 열리는 축제가 '구루후쿠 마네키네코 마쓰리'(来る福招き猫まつり)다. 해마다 마네키네코의 날인 9월 29일을 낀 주말에 축제가 열리는데, 도자기 마을로 유명한 아이치 현 세토 시도 이날만큼은 고양이 마을이 되어 다채로운 행사를 펼친다. 축제의 시작은 메이테쓰세토(名鉄瀬戸) 선 오와리세토(尾張瀬戸) 역 관광안내소 앞에서부터다. 이곳에서 얼굴에 고양이 그림을 그리고 마을을 걸어보자. 다양한 행사와 먹거리 잔치가 열리는 마네키네코 뮤지엄 주차장도 찾아가보자.

주소 愛知県 瀬戸市 薬師町2 招き猫ミュージアム

이세(伊勢) 시 복고양이 축제

세토 시 못지않게 유명한 복고양이 축제가 미에 현 이세 시의 전통 상가 골목 '오카게 요코초'(おかげ横丁)에서 열린다. 이곳의 구루후쿠 마네키네코 마쓰리는 9월 29일의 상징성을 살려 오전 9시 29분~오후 5시 29분까지 축제를 연다. 2012년 제18회 축제 때는 기념우표 290세트 한정 판매, 복고양이 소인 찍은 편지 보내기, 행운의 방울 배포 등 흥미로운 행사를 펼쳤다. 전국에서 모여든 마네키네코가 이곳에서 전시되는 만큼 색다른 고양이 인형을 구입할 수도 있다. 복고양이 모양 도장을 찍은 찹쌀떡 등 축제를 기념해 만든 음식도 먹어보자.

주소 三重県 伊勢市 宇治中之切町52

프랑스 파리 '반려견 묘지'(Le cimetière des chiens)

함께 살던 동물의 죽음을 마음껏 슬퍼하기 힘든 우리 현실에서는 해외의 반려동물 묘지가 새삼 부러워진다. 동물묘지 입구에는 평생 40명의 목숨을 구했다는 구조견 기념비가 우뚝 서 있어 이곳의 성격을 보여준다. 이름은 반려견 묘지이지만, 개 외에도 고양이, 말 등 다양한 동물이 묻혀 있다. 사랑했던 반려동물의 생전 사진을 비석에 붙여두고 추모하는 사람들이 많은 편이다. 이곳은 파리 길고양이들의 보금자리이기도 하다. 고양이 밥을 나눠주는 이들이 있어서 길고양이도 사람을 무서워하지 않는다.

주소 4, Pont de Clichy, Asnières-sur-Seine

스웨덴 스톡홀름 '동물묘지'(Djurkyrkogården)

스톡홀름 방송탑 근처에 위치해 도보로 찾아갈 수 있는 이 동물묘지는 규모가 1만 2,000평방미터에 달한다. 파리 반려견 묘지가 화려한 비석들에 둘러싸여 있다면, 숲속 한가운데 자리 잡은 스톡홀름 동물묘지는 거의 수목장에 가까운 형식의 무덤이 많아 소박한 느낌이다. 자그마한 돌로 구획을 만들거나, 생전의 고양이 사진을 전시하고 추모의 등을 밝히는 정도로만 장식하고 있다. 비록 사랑했던 고양이는 곁에 없어도, 이곳에서 대자연과 하나가 되었다고 생각하면 위로가 될 듯하다.

주소 Kaknäs Djurkyrkogård, Gärdet, Stockholm

타이완 길고양이 후원 책방 '유허서점'(有河 BOOK)

신베이(新北) 시 단수이(淡水) 강가에 있는 '유허서점'은 여유롭게 놀고 있는 고양이와 인사를 나누거나 길고양이 후원 상품을 구입할 수 있어 좋다. 단수이 지역 길고양이 지도가 비치되어 고양이 여행자에게 더없이 유용한 곳. 북카페를 겸하고 있어 2층 테라스 자리에서 강가를 바라보며 한가로운 시간을 보낼 수 있다. 서점 주인 데니스 첸 씨께 한국 길고양이 사진을 전했더니 무척 반가워하던 모습이 기억에 남는다. 서점 바로 옆에 고양이 그림 작가 헨리 리(Henry Lee)의 '헨리 숍(亨利屋)' 지점도 있으니 들러보자.

주소 新北市 淡水區 中正路 五巷26號2樓

프랑스 파리 헌책 노점 '부키니스트'(Les Bouquinistes)

노트르담 대성당에서 루브르 박물관 방향으로 센 강변을 따라 걷다 보면 초록색 간이지붕을 매단 헌책 가판대가 줄지어 있다. 1530년대부터 시작된 유서 깊은 헌책 파는 거리인데, 화려한 양장 고서부터 영문 소설, 만화책까지 파는 책의 종류가 다양하다. 요즘은 이문이 많이 남는 기념품 판매가 주를 이루는 곳도 적지 않다. 마음에 드는 헌책이 있는지 살펴보고 고양이 그림 기념품도 구입해보자. '검은 고양이'(Chat Noir) 그림으로 유명한 테오필-알렉상드르 스탱렝(Théophile-Alexandre Steinlen)의 작품들이 인기다.

주소 센 강변 일대

프랑스 파리 '몽마르트르 묘지'(Cimetière de Montmartre)

파리의 3대 공원묘지 중에 애묘인이 가장 좋아할 만한 곳은 몽마르트르 묘지가 아닐까 싶다. 길고양이를 만날 확률이 가장 높은 곳이기 때문이다. 무용가 니진스키의 묘를 보려고 들렀다가 생각지 못하게 길고양이까지 만나 반가웠다. "동물에게 밥을 주지 말라"라는 표지판이 있지만 밥을 배달하는 분들 덕에 고양이도 끼니를 해결하고 있다. 명사들의 무덤 사이로 얼굴을 내미는 고양이와 숨바꼭질하다 보면 시간이 금세 흐른다. 묘지 특유의 스산한 느낌은 별로 없지만, 한낮에 들르는 편이 좋다.

주소 20 Avenue Rachel, Paris

스웨덴 스톡홀름 '우드랜드 공원묘지' (Skogskyrkogården)

유네스코 세계문화유산으로 지정된 곳. 스웨덴 건축가 에리크 군나르 아스플룬드(Erik Gunnar Asplund)가 설계하고 시구르드 레베렌츠(Sigurd Lewerentz)가 조경을 맡았다. 이곳은 배우 그레타 가르보가 묻힌 곳으로도 유명하다. 나지막한 인공 언덕과 연못, 이곳의 상징물인 거대한 십자가가 어우러져 묘지 곳곳을 산책하다 보면 마음이 정화되는 느낌을 받는다. 부지가 넓어 고양이를 만나기는 쉽지 않지만, 고양이를 사랑했던 망자의 무덤에 놓인 고양이 장식물에서 애틋함을 느낄 수 있다.

주소 Sockenvägen 492, Stockholm

고경원의 길고양이 통신

서울 숲에서 거문도까지, 길고양이와 함께한 10년

© 고경원 2013

초판 인쇄 2013년 4월 1일
초판 발행 2013년 4월 8일

지은이	고경원
펴낸이	정민영
책임편집	권한라
편집	손희경
디자인	문성미
마케팅	이숙재
제작처	영신사

펴낸곳	(주)아트북스
브랜드	앨리스
출판등록	2001년 5월 18일 제406-2003-057호
주소	413-756 경기도 파주시 문발동 파주출판도시 513-7 2층
대표전화	031-955-8888
문의전화	031-955-7977(편집부) 031-955-3578(마케팅)
팩스	031-955-8855
전자우편	artbooks21@naver.com
트위터	@artbooks21
홈페이지	www.artinlife.co.kr

ISBN 978-89-6196-133-2 03810

값은 뒤표지에 있습니다.
잘못된 책은 구입하신 서점에서 교환해 드립니다.

이 도서의 국립중앙도서관 출판시도서목록(CIP)은 서지정보유통지원시스템 홈페이지(http://seoji.nl.go.kr)와
국가자료공동목록시스템(http://www.nl.go.kr/kolisnet)에서 이용하실 수 있습니다.
(CIP제어번호: CIP2013001799)